# LE OMBRE CINESI

OMBRES CHINOISES
CHINESE SHADOWS
LE OMBRE CINESI


# OMBRES CHINOISES
# CHINESE SHADOWS
# LE OMBRE CINESI


ARTURO™
BRACHETTI

Si ringrazia il Museo Nazionale del Cinema di Torino per aver gentilmente concesso l'uso di alcune immagini della propria Collezione.


Via Masero, 55 / 10010 Scarmagno (To) Italy
C.P. 269 / 10015 Ivrea (To) Italy
Tel +39 0125 712266
Fax +39 0125 712807
E-mail: info@priulieverlucca.com
www.priulieverlucca.com



Stampato nel mese di febbraio 2007 presso
Tipografia Valdostana / Aosta

Traduzione e adattamento lingua inglese
Cassandra Iliffe

Traduzione e adattamento lingua francese
Anne Perrin

Progetto grafico
Leprechaun (To)

ISBN 978-88-8068-293-6

# INDICE INDEX INDEX

## PREFAZIONE DI ALDO, GIOVANNI E GIACOMO

Scrivere una prefazione è sempre un'impresa ardua, scriverla per Arturo Brachetti è quasi impossibile.

Non vorremmo danneggiare questo libro ma... dobbiamo confessare un'amara verità. Conosciamo Brac, Arturo, da parecchi anni, lui ci ha fatto la regia di tutti i nostri spettacoli teatrali e siccome in questo momento lui ci sta puntando una pistola alla tempia (un po' a turno), stiamo scrivendo questa prefazione con grande entusiasmo.
Ricordiamo che con Brac nel nostro show «Tel chi el telun» ci siamo divertiti un sacco a montare un numero assurdo di ombre cinesi, se ricordate bene, quello dove Giovanni posava un bicchiere d'acqua sulle tette della Massironi (un'ombra di tette, non quelle vere!) oppure Giacomo usciva di scena con una tromba che gli usciva... da dietro. Tutte gag eleganti e di gran classe che non saremmo mai riu-

## FOREWORD BY ALDO, GIOVANNI AND GIACOMO

Forewords are written in sweat more often than not. To compose one for Arturo Brachetti in ink or whatever verges on the impossible.

We wouldn't want to blot this book, of course. The bitter truth, however, must be unreservedly confessed. Arturo, Brac to his friends, has been on our in list for donkey's years. He directed all our theatre shows and since at the moment his gun is busy working a three-card trick with our heads, you can be sure we are writing this foreword with the greatest enthusiasm.
We remember what a whale of a time we had with Brac in our «Tel chi el telun» show when we concocted a number of absurd Chinese shadows. D'you remember the one where Giovanni placed a glass of water on Ms Massironi's boobs (shadows, of course, not the real humdingers!), or the one where Giacomo went off with a trumpet sticking out of his nether

## PREFACE DE ALDO, GIOVANNI ET GIACOMO

Ecrire une préface est toujours une entreprise difficile, l'écrire pour Arturo Brachetti est presque impossible.

Nous ne voudrions pas porter atteinte à ce livre mais... nous devons confesser une amère vérité. Nous connaissons « Brac », Arturo, depuis de nombreuses années. Il a réalisé pour nous la mise en scène de tous nos spectacles et, puisqu'en ce moment précis, il nous pointe un revolver sur les tempes (un peu chacun notre tour), nous écrivons cette préface avec grand enthousiasme.
Nous nous rappelons qu'avec Brac, lors de notre show « Tel chi el telun », nous nous sommes vraiment bien amusés à monter un numéro absurde d'ombres chinoises, souvenez-vous, celui où Giovanni posait un verre d'eau sur le décolleté de l'actrice Marina Massironi (une ombre des seins, pas les vrais !) ou bien lorsque Giacomo disparaissait de la scène avec une trompette qui lui sortait... de derrière. Tous, des gags élégants et de gran-

sciti a fare senza ricorrere al gioco delle ombre… almeno credo.

Aldo è sempre stato affascinato dalle ombre cinesi di Brac, anche perché Arturo gli ha fatto credere che sono delle entità vere che lui ha addomesticato. Per dire… i figli di Aldo gli hanno spiegato solo quest'anno che Babbo Natale non esiste e Aldo ne ha sofferto molto.

Giacomo apprezza la tecnica e la precisione delle ombre di Brac forse perché, quando prova lui, non si riesce a indovinare mai quello che fa: è un cane o un cactus? Una colomba o un pipistrello? Tutte ombre informi a cui lui finge di dare un nome. (Una volta si è anche scottato di brutto con la lampada).

A Giovanni piace la fantasia e l'ironia che Brac mette nelle sue ombre che possono avere degli sviluppi assurdi o reali ma che stupiscono sempre e… aaaaagh! pum! crash! Adesso che ci siamo noi impossessati della pistola, ci facciamo promettere da Arturo che ci regalerà tre copie della sua opera!

regions? Elegant, up-market gags we'd never have been able to put across without using shadows: but don't take me up on that.

Aldo has always been fascinated by Brac's Chinese shadows, mainly because Arturo led him to believe they were real beings he had tamed. After all, it was only last Christmas that Aldo's children finally convinced him that Santa Claus doesn't exist, and this really floored him.

Giacomo appreciates the precision and technique of Brac's Chinese shadows, probably because his own efforts always result in shapeless concoctions with Rorschach names. What he calls a dog could easily be a cactus. His «dove» (bat?) would drive a taxonomist to drink. (Once he even burnt himself badly on the lamp).

Giovanni likes the fantasy and irony that Brac puts into his shadows, which may turn into something absurd or real, but are always surprising and… aaaaaah! bang! crash! Now the gun is in our hands and we are getting Arturo to promise to give each of us a copy of his book!

de classe que nous n'aurions jamais réussi à faire sans recourir aux jeux des ombres… Du moins, je crois.

Aldo a toujours été fasciné par les ombres chinoises de Brac, entre autres, parce qu'Arturo lui a fait croire qu'il s'agit là de véritables créatures qu'il a domestiquées. Pour vous dire… les fils d'Aldo lui ont expliqué, seulement cette année, que le Père Noël n'existe pas et Aldo en a beaucoup souffert.

Giacomo apprécie la technique et la précision des ombres de Brac peut-être parce que, quand il essaie lui, on ne parvient jamais à deviner ce qu'il fait : c'est un chien ou un cactus ? Une colombe ou une chauve-souris ? Rien que des ombres informes auxquelles il feint de donner un nom. (Une fois, il s'est même brûlé avec le projecteur).

Giovanni aime la fantaisie et l'ironie que Brac met à travers ses ombres, lesquelles peuvent avoir des prolongements absurdes ou réels mais qui étonnent toujours et… aaaaagh ! pum ! crash ! Puisqu'à présent nous nous sommes emparés du pistolet, nous faisons promettre à Arturo de nous remettre trois exemplaires de son ouvrage.

## RINGRAZIAMENTI

Avevo sei anni quando, per la prima volta mia nonna mi portò a vedere il Teatrino delle marionette Lupi a Torino, mia città natale.
Era un piccolo salone umido sotto la chiesa di Santa Teresa col boccascena mezzo bruciato e superstite dell'incendio del più famoso teatro Gianduja, ma l'atmosfera era magica. Lo spettacolo era molto all'antica, l'improbabile storia di Gianduja nella favola «Bella Addormentata» con belle marionette e scenografie dipinte. Ma fu la seconda parte, chiamata «Marionette in Rivista» a farmi sognare. Erano dei brevi numeri in cui venivano utilizzate diverse tecniche marionettistiche. Ricordo ad esempio una grandissima marionetta danzante piena di fili, un ussaro con il colbacco che avanzava verso il boccascena, si smembrava in diversi pezzi e, a un tocco musicale ben preciso, ciascuno di essi si trasformava in una damigella in crinolina, oppure una scenetta con dei perso-

## ACKNOWLEDGEMENTS

I was only 6 when my grandmother took me to see the Lupi family's tiny Marionette Theatre in Turin, where I was born. It was but a small, damp room with a half-burnt proscenium that had survived from the fire that destroyed the more famous Gianduja Theatre. Yet there was magic in the air. The show was set well back in the past with an unlikely casting of Gianduja in the tale of the «Sleeping Beauty» with an array of pretty marionettes and painted scenery. But the second part, called «Marionettes on Parade», was the stuff of my dreams. There were short numbers in which several techniques were employed. I well remember a large marionette made to dance with a host of strings, a hussar with his shako who marched to the front of the stage and fell to pieces. Then, when the music changed, each piece became a demoiselle wearing a crinoline. There was also a scene with shadow figures that moved behind a sheet and seemed like live cartoons.

## REMERCIEMENTS

J'avais six ans lorsque, pour la première fois, ma grand-mère m'emmena voir le théâtre des marionnettes Lupi à Turin, ma ville natale.
C'était une petite salle humide en contrebas de l'église de Santa Teresa dont la scène en partie brûlée avait survécu à l'incendie du très célèbre théâtre Gianduja, l'atmosphère n'en était pas moins magique. Le spectacle, issu de la vieille tradition, racontait l'histoire improbable de Gianduja intégrée à la fable de la « Belle aux bois dormants » avec de belles marionnettes et des décors peints. Certes, ce fut la deuxième partie, intitulée « Marionette in Rivista », qui me fit rêver. Il s'agissait de brefs numéros pour lesquels étaient utilisées différentes techniques de marionnette. Je me souviens par exemple d'une très grande marionnette dansante soutenue par un nombre considérable de fils, un hussard avec le colback qui avançait sur le devant de la scène, se démembrait en plusieurs morceaux et, lors d'un toucher musical bien précis, chacun

naggi in ombra che si animavano dietro un lenzuolo, tanto da sembrare dei cartoni animati fatti dal vivo. Fu il mio battesimo teatrale. Quel pomeriggio aprì nuovi orizzonti alla mia fantasia e il ricordo di quelle visioni, quelle ombre viventi mi intrigarono per molto.
Anni dopo, a Vienna, ero stato scelto come presentatore per lo spettacolo «Flic-Flac». Mancava qualche settimana alla prima e gli ultimi artisti erano appena arrivati. Tra loro c'era un anziano signore indiano, distinto e timido, era Prasanna Rao ed era un ombromane! A quei tempi la parola mi faceva ridere, sembrava uno che andasse in giro a rubare le ombre o, peggio, uno che si impossessava dell'ombra di qualche bella ragazza per poi possederla.
Il regista Andrè Heller chiese a Rao di presentare il suo numero, ma lui disse di non trovare più la cassetta musicale. «Non c'è problema», disse Heller, «presentami il tuo numero senza la musica». Lui accese la sua magica lampada, si mise a cantare una canzone indiana e le sue mani cominciarono a danzare nel cono di luce. Magia! Sullo schermo bianco apparvero cani, gatti, uccelli, elefanti, e tutta una serie di personaggi umani divertentissimi. Improvvisamente mi sentii il bambino

This was how I was baptised into the theatre. That afternoon opened new vistas for my fantasy, and the memory of those living shadows intrigued me for many a year.
Year later, in Vienna, I was chosen to act as the compère for the «Flic-Flac» show. A few weeks still lay ahead before the opening night and the artists had only just arrived. Among them there was an elderly Indian gentleman, distinguished but shy, called Prasanna Rao, who was billed as a shadow artiste. This term I found amusing. It seemed to describe someone who went around stealing shadows or perhaps one who cast his spell over fair damsels by capturing their shadows.
The director, André Heller, asked Rao to run through his number. But the cassette with his accompanying music was nowhere to be found. «Never mind», said Heller, «show me your act without the music». So Rao lit his magic lantern and started to croon an Indian melody while his hands danced around in the cone of light. The white screen was soon peopled with dogs, cats, birds, elephants and a parade of highly entertaining human figures. All of a sudden I was once again a six-year-old boy before the shadows of the mario-

de ces morceaux se transformait en une demoiselle en crinoline, ou bien laissait place à une scénette avec des personnages en ombre chinoise qui s'animaient derrière un drap, tant et si bien que l'on aurait dit des dessins animés réalisés en direct. Ce fut mon baptême théâtral. Cet après-midi là ouvrit de nouveaux horizons à ma fantaisie et le souvenir de ces visions, de ces ombres vivantes m'habita longtemps.
Des années plus tard, à Vienne, j'avais été choisi comme présentateur du spectacle « Flic-Flac ». Il ne restait que quelques semaines avant la première représentation et les derniers artistes venaient d'arriver. Parmi eux se trouvait un monsieur d'un certain âge, d'origine indienne, distingué et timide, il s'agissait de Prasanna Rao et il était ombromane! A cette époque ce mot me faisait rire, comme s'il s'agissait de quelqu'un qui allait voler les ombres ou, pire, de quelqu'un qui s'appropriait l'ombre d'une belle jeune fille pour, ensuite, la posséder.
Le metteur en scène André Heller demanda à Rao de présenter son numéro, mais il lui dit qu'il ne trouvait plus la bande musicale. « Pas de souci », dit Heller. « Présente-moi ton numéro sans la musique ». Il alluma alors sa lampe ma-

di sei anni davanti alle ombre delle marionette. Fu un momento molto toccante, tant'è che il regista non volle mai utilizzare la musica nel numero di Rao, ma gli misero un radiomicrofono e lui «cantò» le sue ombre per tutta la tournée che durò più di un anno.

Voglio dedicare questo libro al grande maestro Prasanna Rao e alla sua umile ma precisissima arte. Rao con le sue mani ha fatto sognare me e spero che molti papà o mamme riusciranno a far sognare i propri bimbi con queste pagine.

Un altro ringraziamento lo devo a Fulvio Karl Steiner che, grazie alla sua tenacia e alla sua abilità organizzativa è riuscito a rendere possibile la realizzazione di questo raro progetto.

nettes. It was a very moving moment. Heller, indeed, never used music for Rao's act during the year and more the «Flic-Flac» show ran. He gave him a microphone and let him «sing» the performances of his shadows.

I should like to dedicate this book, therefore, to that great master Prasanna Rao, to his simple, yet razor-sharp art. His hands made me dream and I hope these pages will enable many mothers and fathers to engender their children's dreams.

A final word of thanks is certainly due to Fulvio Karl Steiner. The satisfactory completion of this unusual project, in fact, is entirely due to his tenacity and organising ability.

gique, se mit à chanter une chanson indienne et ses mains commencèrent à danser dans le faisceau de lumière. Magie! Sur l'écran blanc apparurent chiens, chats, oiseaux, éléphants, et toute une série de personnages humains très amusants. À l'improviste, je me suis senti redevenir l'enfant de six ans devant les ombres des marionnettes. Ce fut un moment très émouvant, à tel point que le metteur en scène ne voulut plus utiliser la musique lors du numéro de Rao, il lui mit en revanche un micro, ainsi Rao « chanta » ses ombres pendant toute la tournée qui dura plus d'un an.

Je veux dédier ce livre au grand maître Prasanna Rao et à son art humble mais d'une extrême précision. Rao avec ses mains m'a fait rêver et j'espère que nombre de papas et mamans réussiront à faire rêver leurs enfants grâce à ces quelques pages.

J'adresse aussi un vif remerciement à Fulvio Karl Steiner qui, grâce à sa ténacité et à sa grande capacité d'organisation a rendu possible la réalisation de ce projet singulier.

## STORIA, TEATRO E ARTISTI DELLE OMBRE CINESI
## OMBRES CHINOISES: HISTORY, THEATRE AND ARTISTS
## HISTOIRE, THEATRE ET ARTISTES D'OMBRES CHINOISES

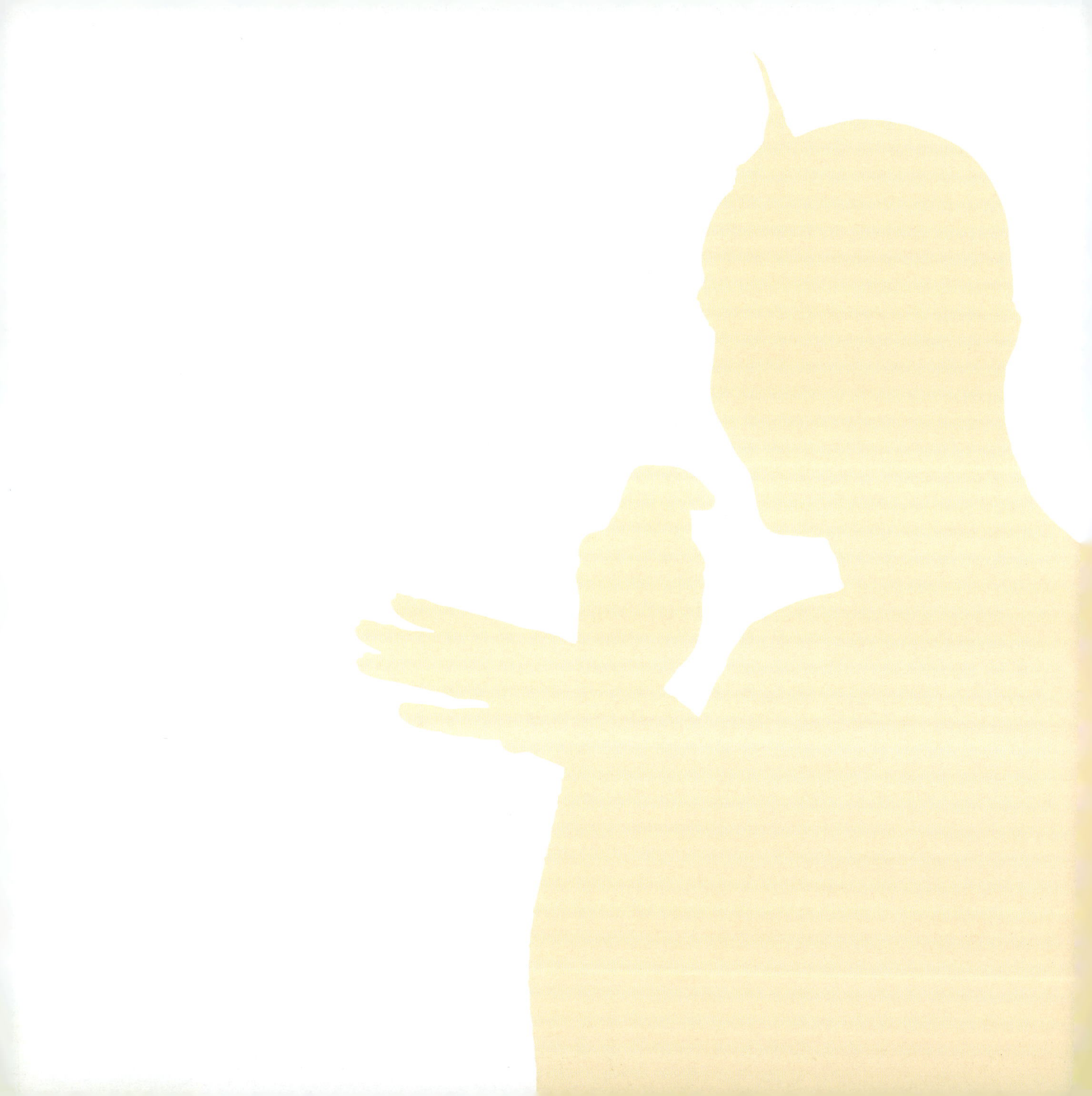

## BREVE STORIA DELLE OMBRE CINESI E DEL TEATRO DELLE OMBRE

Con buona probabilità quando l'umanità scoprì il fuoco contemporaneamente inventò le ombre cinesi. Immaginatevi una caverna abitata da uomini preistorici seduti intorno a un fuoco che serviva per scaldarsi, mangiare, tenere lontane le belve. Dopo aver appagato i bisogni primari di sopravvivenza col cibo, la sicurezza, l'appartenenza al gruppo, avranno sentito sicuramente il desiderio di esprimere i loro istinti artistici. Nulla di più semplice e immediato che vedere le proprie ombre proiettate sulle pareti della grotta e incominciare a rappresentare

## A SHORT HISTORY OF SHADOW PUPPETS AND THE SHADOW THEATRE

Shadows in the form of recognisable figures may well have accompanied the discovery of fire. We can easily imagine a cave full of prehistoric people sitting around the fire they needed for warmth, and to cook food and keep wild animals away. Thus sheltered and sure of their survival as a group, there may well have come a moment when the first stirrings of what we call «art» were felt. Nothing would have been easier nor more immediate than to copy their own shadows on the walls of the cave. The next step was to represent the animals that inhabited

## BREVE HISTOIRE DES OMBRES CHINOISES ET DU THEATRE DES OMBRES

Très probablement, lorsque l'humanité découvrit le feu, simultanément, elle inventa les ombres chinoises. Imaginez-vous une caverne habitée d'hommes préhistoriques assis autour d'un feu qui servait pour se chauffer, manger et éloigner les animaux prédateurs. Après avoir satisfait leurs besoins primaires de survie relatifs à la nourriture, la sécurité, l'appartenance au groupe, ils auront certainement éprouvé le désir d'exprimer leur instinct artistique. Rien de plus simple et immédiat que de voir les propres ombres projetées sur les parois de

Silhouettes, Coll. Museo Nazionale del Cinema, Torino.

gli animali che popolavano il loro mondo e il loro immaginario pieno di misteri.
Con il passare dei secoli l'umanità ha speso lunghe ore in chiacchierate notturne alla luce delle fiaccole, delle candele o di lampade a olio; un tempo lunghissimo trascorso in sere e notti buie, prima dell'avvento dell'elettricità, che ha consentito di affinare le tecniche e tramandarle ai figli.

their world and all the mysteries that racked their imagination.
Down the centuries, people talked away their evenings by the light of torches, candles or oil-lamps until the advent of electricity banished darkness and refined the shadow figure techniques we use today.

We may suppose that primitive peoples made use of fire and shadows for both pleasure and rituals. As a form of entertain-

la grotte et de vouloir commencer à représenter les animaux qui peuplaient leur monde et leur imaginaire riche de mystères.
Au fil des siècles, l'humanité a consacré de longues heures aux bavardages nocturnes à la lueur des flambeaux, des chandelles, des lampes à huile, un temps infini vécu au cœur des sombres soirées et des nuits noires jusqu'à l'avènement de l'électricité qui permit alors d'affiner les

Teatro d'ombre · Shadow theatre · Théâtre d'ombres, C. Abel Klinger, Norimberga, II metà sec. XIX, Coll. Museo Nazionale del Cinema, Torino.

L'uomo fin dagli albori ha utilizzato il fuoco e le ombre per il gioco, il rituale e lo spettacolo, ma le ombre come forma di spettacolo, almeno come le intendiamo oggi, sono sicuramente più recenti e si hanno notizie storiche a partire dal II-III secolo d.C.

I primi a documentare e utilizzare le ombre come forma di spettacolo sono stati i Cinesi del 200 d.C., sotto la dinastia Han.

ment, however, the shadow theatre first appeared on the stage of history in China during the 3rd century AD in the last days of the Han dynasty. The term ombres chinoises, indeed, is still occasionally used for shadow puppets, even though there is nothing to prove that China is their main or only source.

Shadow shows spread throughout Asia during the Middle Ages. Flat figures cut out of paper,

techniques et de les transmettre aux nouvelles générations.

L'homme, depuis les origines, a utilisé le feu et les ombres pour le jeu, les rituels et le spectacle, mais les ombres, comme forme de spectacle au sens où nous l'entendons aujourd'hui, sont une réalité certainement plus récente et l'on possède à ce sujet des témoignages datant du IIe siècle et IIIe siècle après J.-C.

● Teatro d'ombre con cifra di re Carlo Alberto di Savoia ● Shadow theatre with King Charles Albert of Savoy's cypher ● Théâtre d'ombres avec les initiales du Roi Charles-Albert de Savoie, Italia, 1840 ca., Coll. Museo Nazionale del Cinema, Torino.

La diffusione nel resto dell'Asia avviene nel Medioevo attraverso l'utilizzo di forme ritagliate su carta o pergamena o sottili pelli di capra, sostenute da legnetti o listelli di bambù. Ancora oggi si chiamano «cinesi» tutti i teatri d'ombre anche se non esistono documenti che provino che la Cina ne sia la principale sorgente inventiva.

Gli spettacoli rappresentano leggende, magia o più semplicemente racconti di vita e folklore spesso legati alla religione. Durante le rappresentazioni il narratore era spesso accompagnato dalla musica. Lo schermo era una tela bianca il-

parchment or thin goatskin stiffened with rods or strips of bamboo were used in scenes based on legends, magic or more simply tales of life and folklore, often with a religious background. These were read by a narrator, frequently to the sound of music. The screen was a white cloth backlit with an oil-lamp or a candle.

There were two leading shadow theatre schools, one in Java and one in Turkey. In Java, movable cut-outs measuring as much as a metre whose limbs were jointed at the shoulders, elbows and knees were projected on a translucent

Les premiers à documenter et à utiliser les ombres comme forme de spectacle ont été les chinois en l'an 200 après J.-C. sous la dynastie Han.

La diffusion à toute l'Asie se produit au Moyen Âge avec l'utilisation de formes découpées sur papier, parchemin, ou fines peaux de chèvres soutenues par des petits bouts de bois ou par des baguettes de bambou. Aujourd'hui encore, on appelle ombres « chinoises » tous les théâtres d'ombres même s'il n'existe pas de documents qui prouvent que la Chine en soit la principale source de création.

Les spectacles s'inspirent de légendes, d'éléments folkloriques et de pure magie ou, plus simplement, de récits de vie souvent liés à la religion. Pendant les représentations, le conteur était généralement accompagné de musique. L'écran était une toile blanche illuminée à l'arrière à l'aide d'une lampe à huile ou d'une simple bougie.

On peut citer deux importantes écoles des ombres: l'école de Java et l'école turque. A Java, on utilisait des silhouettes découpées pouvant atteindre un mètre de haut et offrant la possibilité de

● Ombra articolata in cuoio ● Jointed leather shadow puppet ● Ombre articulée en cuir, Cina, sec. XIX, Coll. Museo Nazionale del Cinema, Torino.

luminata da dietro da una lampada a olio o una semplice candela.

Due importanti scuole del teatro dell'ombra sono state quella di Giava e quella turca.
A Giava si usavano sagome ritagliate anche delle dimensioni di un metro che potevano muovere gli arti grazie a snodi all'altezza delle spalle, dei gomiti, e delle ginocchia.
Le sagome venivano proiettate su di un telo e poiché esse erano finescreen. Since they were so finely decorated and coloured, they were also visible directly in the light illuminating them and not only on the back of the screen. This meant that the number of spectators could be doubled, both indoors and out in the open.

In Turkey, the puppets were small and called «Karagoz» («blue eyes» or «gypsy»), the name of a stock hero portrayed in shadow shows all over the country.

bouger les différents membres grâce à des articulations au niveau des épaules, des coudes et des genoux.
Les silhouettes étaient projetées sur une toile et, comme elles étaient finement décorées et colorées, elles pouvaient être vues directement à la lumière qui les illuminait ou bien au travers de la toile.
Cela donnait la possibilité, entre autres, de doubler la palette de jeu et cela se produisait souvent à l'intérieur et en dehors de l'habitation.

● Litografie sull'ombromania ● Lithographs illustrating «shadowmania» ● Lithographies sur l'ombromanie, Del. A. Darjou, sc. Lit. Moine, Parigi, II metà sec. XIX, Coll. Museo Nazionale del Cinema, Torino.

mente decorate e colorate, potevano essere viste anche direttamente con la luce che le illuminava, oltre che sul retro del telo.
Ciò offriva la possibilità, tra l'altro, di raddoppiare la platea e spesso ciò avveniva dentro e fuori dall'abitazione.

Shadow shows were unknown in Europe until the 18th century when silhouettes came into fashion. An Italian, Giovanni Campi, is regarded as the first hand shadow artist to have entertained the nobility. At the end of the 18th century, a true shadow puppet theatre was created in France and its shows, mostly

En Turquie, les silhouettes étaient petites et prirent le nom d'un célèbre personnage qui vécut véritablement en 1300 et qui s'appelait « Karagheuz ». Il fut très représenté dans les cafés de toute la Turquie.

En Europe, le théâtre des ombres est relativement récent et

● Affichette, «La Bodinière» ● Poster, «La Bodinière» ● Affichette, « La Bodinière » di J. Chéret, Parigi 1890 ca., Coll. Museo Nazionale del Cinema, Torino.

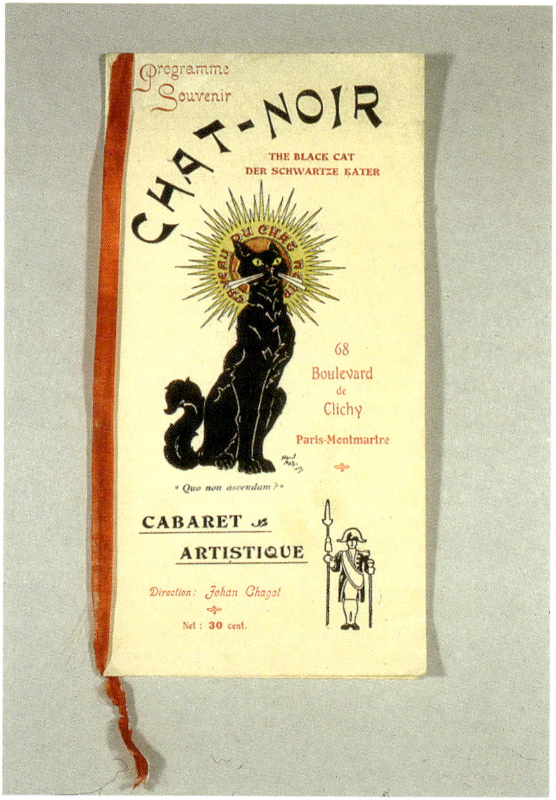


● Programma del «Caveau du Chat Noir» ● A «Caveau du Chat Noir» programme ● Programme du « Caveau du Chat Noir », Parigi, post 1907, Coll. Museo Nazionale del Cinema, Torino.

In Turchia le sagome erano piccole e presero il nome di un famoso personaggio, realmente vissuto nel 1300, che si chiamava «Karagoz» e fu molto rappresentato nei caffè di tutta la Turchia.
In Europa il teatro d'ombre compare relativamente di recente e vede il suo massimo splendore a partire dal 1700 con le «silhouette». Il primo ombromane a esibirsi con le proprie mani davanti alle corti d'Europa pare fosse l'italiano Giovanni Campi.
Verso la fine del XVIII secolo fu realizzato in Francia il primo vero e proprio teatro, dove furono prodotte per quasi un secolo importanti rappresentazioni, riduzioni del teatro classico.

adaptations of the works in the classic repertoire, were held for nearly a hundred years. An ombres chinoises cabaret was opened later in Paris's Montmartre.

The effects of shadows were exploited in Bergman's and Rossellini's films, while Hitchcock's silhouette at the beginning of his suspense-packed detective stories was virtually equivalent to a trademark.

Zhang Yimou's «Live!» (1994) was based on the life of a 19th-century Chinese shadow puppeteer and the film also includes one of his shows.

Michel Ocelot's «Princes and princesses» is an unusual and

voit son apogée au début du XVIII$^{e}$ siècle avec l'usage des silhouettes. Le premier ombromane à s'exhiber avec ses propres mains devant les cours d'Europe fut, vraisemblablement, l'italien Giovanni Campi.
En France, vers la fin du XVIII$^{e}$ siècle, fut réalisé le premier théâtre spécifique où furent produites pendant près d'un siècle d'importantes représentations, réductions du théâtre classique.
Successivement fut créé à Montmartre, toujours à Paris, un cabaret entièrement consacré aux spectacles des ombres.

Plus récemment, au XX$^{e}$ siècle, certains réalisateurs de cinéma, comme Bergman et Rossellini, ont exploité l'idée et l'effet des ombres chinoi-

Scatola con silhouette da ritaglio ● Box with silhouette cut-outs ● Boîte avec silhouettes à découper, «Découpage de silhouettes. Occupation amusante pour les grands et les petits», Francia, II metà sec. XIX, Coll. Museo Nazionale del Cinema, Torino.

Litografia silhouettes da ritaglio ● Lithograph illustrating silhouette cut-outs ● Lithographie de silhouettes à découper, *Ombres Fantastiques*, Del. Nicolet, sc. Lith. de Melle. Formentin (Parigi) - Chse. Tilt (Londra), Aumont, Parigi, II metà sec. XIX. Coll. Museo Nazionale del Cinema, Torino.

Successivamente fu creato in Montmartre, sempre a Parigi, un cabaret dedicato a spettacoli di ombre.

Più di recente, nel Novecento alcuni registi cinematografici, come Bergman e Rossellini hanno sfruttato l'effetto delle ombre cinesi.
Uno dei più memorizzati è sicuramente quello di Hitchcock di cui compariva sempre l'ombra prima dei suoi famosi gialli pieni di suspense.

Nel film «Vivere!» (1994) il regista Zhang Yimou racconta la storia di un artista di ombre cinesi nella Cina del secolo scorso e in alcune scene viene riproposto uno spettacolo dell'epoca.

Nel 2000, il regista, Michel Ocelot rimonta per il grande schermo materiali realizzati precedentemente e crea «Principi e principesse» un insolito e affascinante film di ombre cinesi, con immagini arcaiche e allo stesso tempo modernissime che non perdono il loro fascino.

Per quanto riguarda le ombre fatte con le mani, troverete un capitolo dedicato all'argomento. Basti dire che oggi, in molti music-hall nel mondo si esibiscono ancora artisti ombromani, così si chiamano, con molto successo. Il «Cirque du Soleil» ha inserito nello spettacolo «Ka» a Las Vegas un momento assai poetico appunto utilizzando alcune tecniche descritte in questo libro.

fascinating film in which original shadow theatre materials are adapted for the cinema. Images from another age retain all their fascination in a very modern setting.

One chapter of this book is devoted to hand shadows. Variety artists skilled in this genre still perform in theatres around the world. Las Vegas's «Cirque du Soleil» has inserted a very poetical moment in its «Ka» show by using some of the techniques described on these pages.

Alfred Hitchcock.

ses. L'un des plus exploités et des plus mémorables est certainement celui d'Hitchcock dont l'ombre apparaît toujours avant le début de ses célèbres films riches en suspense.

Dans le film « Vivre ! » (1994), le réalisateur Zhang Yimou raconte l'histoire d'un artiste d'ombres chinoises dans la Chine du siècle passé et l'on retrouve, dans certaines scènes, un spectacle de l'époque.

En l'an 2000, le réalisateur, Michel Ocelot, adapte au grand écran des morceaux choisis, extraits de courts métrages et crée « Princes et princesses », un insolite et fascinant film d'ombres chinoises, avec des images à la fois archaïques et très modernes qui ne perdent en rien de leur attrait.

En ce qui concerne les ombres projetées avec les mains, vous trouverez un chapitre consacré à ce sujet. Il faut dire qu'aujourd'hui, dans de nombreux music-halls à travers le monde, s'exhibent encore des artistes ombromanes, c'est ainsi qu'ils s'appellent, avec grand succès. Le « Cirque du Soleil » a intégré au spectacle « Ka » à Las Vegas un passage très poétique en utilisant précisément quelques techniques expliquées dans ce livre.

## IL TEATRINO DELLE OMBRE

Abbiamo già visto come in oriente, specie in Turchia, i luoghi destinati al teatro delle ombre divennero veri e propri teatrini ambulanti a volte montati nei caffè o luoghi pubblici non solo per il pubblico infantile, ma anche per i viaggiatori europei che attraversavano la Turchia.

La storia del teatro d'ombra in Europa si sviluppa prevalentemente in Francia.

Nel periodo che va dal 1774 al 1859 fu realizzato appunto in Francia un vero e proprio teatro, il teatro di Dominique Seraphin, prima a Versailles e successivamente a Parigi, dove furono prodotte per quasi un secolo delle importanti rappresentazioni adattate a questo tipo di spettacolo. Infatti, in quel periodo, furono realizzate delle riduzioni del teatro classico appositamente pensate per il teatro d'ombre e per la prima volta si usa l'ombra umana nel teatro da camera.

Alla fine dell'Ottocento nei music-hall e nei café-concert era consuetu-

## THE SHADOW THEATRE

We have already seen how in the East, especially in Turkey, itinerant shadow theatres were set up in cafés or other public places not only for children, but also for European travellers on their way through the country.

The history of the shadow theatre in Europe began in France. Dominique Seraphin's theatre operated from 1774 to 1859, initially at Versailles and later in Paris, where many adaptations of well-known works in the classic repertoire were staged, while human shadows were used for the first time in private performances.

Hand-shadow shows as we know them today were commonplace at the end of the 19th century in music-halls and cafés-concerts.

In the same period, Rodolphe Salis created the «Chat Noir» in Paris, a cabaret in Montmartre devoted to shadow shows that were often grandiose, like the Battle of Waterloo, and sometimes created by famous artists such as Gustave

## LE PETIT THEATRE DES OMBRES

Nous avons déjà pu observer comment en Orient, spécialement en Turquie, les lieux destinés au théâtre des ombres devinrent de véritables petits théâtres ambulants parfois montés dans les cafés ou dans des lieux publics et destinés non seulement aux enfants mais aussi aux voyageurs européens qui traversaient la Turquie.

L'histoire du théâtre d'ombre en Europe se développe majoritairement en France.

Dans la période qui s'étend de 1774 à 1859, fut réalisé, à proprement parler, en France, un véritable théâtre, le théâtre de Dominique Séraphin, d'abord à Versailles puis successivement, à Paris, où furent produites pendant près d'un siècle d'importantes représentations adaptées à ce type de spectacle. En effet, à cette période, furent réalisées des adaptations du théâtre classique conçues spécialement pour le théâtre d'ombre et, pour la première fois, on utilise l'ombre humaine dans le théâtre de chambre.

dine la rappresentazione dei teatri d'ombre con le mani, proprio come siamo abituati a pensarli oggi.
Nello stesso periodo fu creato a Parigi da Rodolphe Salis il «Chat Noir», un cabaret di Montmartre dedicato a spettacoli di ombre. Gli spettacoli, spesso grandiosi, come la battaglia di Waterloo erano a volte creati da artisti famosi come Gustave Doré e Caran D'Ache.

I marionettisti di questo teatrino erano veramente ingegnosi, creando silhouette snodate in legno e cartone capaci anche di fumare o di trasformarsi a vista in altri personaggi. La fonte di luce era sempre retroilluminante, cioè il pubblico assisteva alla rappresentazione dalla parte opposta dello schermo che appariva all'alzarsi di un sipario, proprio come in un normale teatro. Gli animatori erano nascosti sotto lo schermo e avevano intorno a sé un vero arsenale di sagome, effetti pirotecnici e macchinerie per gli effetti sonori. La musica veniva eseguita dal vivo al pianoforte e i macchinisti facevano salire o scendere dei fondali di diverso materiale che riuscivano a dare l'illusione di un tramonto o di una scena sottomarina.
Negli anni Cinquanta Paul Viellard arricchisce il teatro d'ombre di straordinarie soluzioni.

Doré and Caran D'Ache (the pseudonym – from karandash, the Russian word for "pencil" – adopted by Emmanuel Poiré).

The puppeteers of these shows were very ingenious. They created jointed flat figures in wood and cardboard which were able to smoke or transform themselves into other characters in front of the very eyes of the audience. The light source was always placed behind the screen. As in an ordinary theatre, therefore, the audience watched the show on the front side of the screen once the curtain had been raised. Hidden beneath the screen, the puppeteers were surrounded by a veritable arsenal of cut-outs, fireworks devices to produce the sound effects. The accompanying music was played live on a piano and stage-hands raised or lowered backgrounds of various materials to create the illusion of a sunset or an underwater scene.
In the fifties, Paul Viellard added some extraordinary innovations to the shadow theatre. Some effects in his style are still used at the Theatre of the Magic Lantern in Prague and by some specialized theatre companies.
Italy's most renowned company was that of the Play Life Theatre, which

A la fin du XIXe siècle, dans les music-halls et les cafés-concerts, la représentation des théâtres d'ombre avec l'usage des mains était chose courante, exactement comme nous nous les imaginons aujourd'hui.
Pendant la même période fut créé à Paris, par Rodolphe Salis, le « Chat Noir », un cabaret de Montmartre consacré aux spectacles d'ombres produites avec les mains. Les spectacles, souvent grandioses, comme la bataille de Waterloo étaient parfois créés par des artistes célèbres comme Gustave Doré et Caran D'Ache.

Les marionnettistes de ce petit théâtre étaient vraiment ingénieux, en créant des silhouettes articulées, de bois et de carton, capables aussi de fumer ou de se transformer sous le regard des spectateurs en d'autres personnages. La source de lumière était projetée par l'arrière, c'est-à-dire que le public assistait à la représentation de l'autre côté de l'écran qui apparaissait à la levée du rideau, exactement comme pour un théâtre classique. Les animateurs étaient cachés sous l'écran et étaient entourés d'un véritable arsenal de silhouettes, d'effets pyrotechniques et de machinistes pour les effets sonores. La musique était exécutée en direct au piano et les machi-

Oggi si possono ancora vedere alcuni effetti in quello stile al Teatro della Lanterna Magica di Praga o da alcune compagnie specializzate. In Italia la più straordinaria è la compagnia del Teatro Gioco Vita che si serve, tra l'altro, del genio scenografico di Emanuele Luzzati.

Esempi di fondi di scena.
Backdrops.
Exemples de fonds de scène.

also availed itself of the services of the painter, scenographer and costume designer Emanuele Luzzati.

nistes faisaient monter et descendre des décors faits de divers matériaux qui parvenaient à donner l'illusion d'un coucher de soleil ou d'une scène sous-marine.
Dans les années cinquante, Paul Viellard enrichit le théâtre d'ombre d'extraordinaires inventions. Aujourd'hui, on peut encore observer certains effets de ce style au Théâtre de la Lanterne Magique de Prague ou auprès de quelques compagnies spécialisées.
En Italie, la plus remarquable des compagnies est « Teatro Gioco Vita » qui recourt, entre autres, au génie scénographique d'Emanuele Luzzati.

## OMBROMANI FAMOSI

Le ombre cinesi fatte con le mani hanno fatto sognare da secoli un sacco di bambini, ma è solo nel XIX secolo che diventano veramente alla moda nelle sale dei varietà di Parigi e Londra. Una ragione può essere stata l'avvento dell'elettricità che permetteva delle proiezioni molto più luminose e nitide nei grandi spazi.
Il pioniere assoluto fu il pittore Giovanni Campi, italiano, ma subito dopo diventarono conosciuti i francesi Theo e l'inglese Félicien Trewey, le cui mani erano così agili che furono immortala-

## FAMOUS SHADOW ARTISTS

Hand shadows have enthralled children for centuries. It was only in the 19th century, however, that they became fashionable in the variety theatres and music-halls of Paris and London when the advent of electricity made much brighter and sharper projections possible in larger spaces.
The Italian painter Giovanni Campi was the first pioneer in this art, but was very soon followed by the Frenchman Theo and the Englishman Félicien Trewey, whose hands were so agile that they were immortalized in a mould, later exhibited

## OMBROMANES CELEBRES

Les ombres chinoises pratiquées avec les mains ont fait rêver pendant des siècles un nombre infini d'enfants, et ce n'est qu'au XIX$^{e}$ siècle qu'elles deviennent véritablement à la mode dans les salles de spectacles de variétés parisiennes et londoniennes. L'avènement de l'électricité en fut certainement la cause. En effet, celle-ci permettait des projections beaucoup plus lumineuses et plus nettes dans de grands espaces.
Le pionnier absolu fut le peintre Giovanni Campi, italien. Puis, tout de suite après, devinrent connus le français Théo et l'anglais Féli-

Arturo Brachetti, foto Guy Gallice.

te in un calco, poi esposto in vari musei britannici. La natura l'aveva anche aiutato poiché le sue falangi potevano piegarsi all'indietro quasi a toccare il dorso della mano. Trewey restò in cartellone parecchio tempo all'«Alcazar d'Eté», sui Campi Elisi. Pare che, alla fine del secolo XIX, creò qualcosa come 300 ombre.
Il guru delle ombre, il più grande artista ombromane del XX secolo fu certamente l'indiano Prasanna Rao che arrivò in Europa verso gli anni Cinquanta e morì, più che ottantenne nel 2003.
Io ebbi la fortuna di lavorare con questo grande artista nel 1980 in Germania, nella trionfale tournée dello spettacolo «Flic-Flac». Rao era una persona gentile e generosa. Non mi ha mai insegnato nulla, ma fu orgoglioso quando, anni dopo, venne ad assistere a una mia presentazione di ombre al Wintergarten di Berlino. Mi ricordo che nello spettacolo «Flic-Flac» lo introducevo al pubblico: lui arrivava vestito tutto di sete bianche, sotto un grande ombrello dorato. Io raccontavo al pubblico che lui era un principe indiano sposato all'ombra della guardiana del Taj Mahal e che quindi ogni qual volta si accoppiava con lei, produceva ombre e ombre… Rao

in various British museums. Nature was on his side since he was double-jointed and could bend his fingers nearly as far as the back of his hand. Trewey was on the bill for a long time at the «Alcazar d'Eté» on the Champs Elysées. It is said that had created some 300 shadows by the end of the 19th century.
The real guru of the shadow theatre and the 20th century's most outstanding artist was certainly Prasanna Rao, an Indian who arrived in Europe around the Fifties and died in 2003 at over eighty.
I had the good fortune to work with this great artist in 1980 in Germany during the triumphal tour of the «Flic-Flac» show. Rao was a very kind and generous person. He never actually taught me anything, but was very proud when, years later, he came to see one of my shadow performances at the Wintergarten in Berlin. I remember I was the

Prasanna Rao, foto Nogrady.

cien Trewey dont les mains étaient d'une telle dextérité qu'elles furent immortalisées grâce à un moulage exposé ensuite dans de nombreux musées britanniques.
La nature l'avait favorisé car ses phalanges pouvaient se plier vers l'arrière jusqu'à toucher quasiment le dos de la main. Trewey resta très longtemps à l'affiche à « l'Alcazar d'Eté », sur les Champs Elysées. Il semble que, à la fin du XIXe siècle, il créa près de 300 ombres.
Le gourou des ombres, le plus grand artiste ombromane du XXe siècle fut certainement l'indien Prasanna Rao qui arriva en Europe dans les années cinquante et mourut, à plus de quatre-vingts ans, en 2003.
J'eus personnellement la chance de travailler avec ce grand artiste en 1980 en Allemagne, lors de la tournée triomphale du spectacle « Flic-Flac ». Rao était une personne gentille et généreuse. Il ne m'a jamais rien enseigné, mais je fus honoré lorsque, quelques années plus tard, il vint assister à ma représentation d'ombres au Wintergarten de Berlin. Je me souviens qu'au cours du spectacle « Flic-Flac » je le présentais au public et il arrivait tout vêtu de soie blanche, sous un grand parapluie doré. Je racontais aux spectateurs qu'il était un prince indien, marié à l'ombre de la gardien-

aveva delle dita affusolate e veloci, ma uno degli aspetti più interessanti della sua performance era il fatto che sapeva rendere ironico e divertente qualsiasi personaggio, facendo rumori, suoni e frasi in una lingua da lui inventata… o forse era uno dei numerosissimi dialetti della sua terra: non lo sapremo mai.
Della sua stessa generazione ma con un successo più americano fu Joe Marvel.
Un altro grande ombromane in Europa fu Bablu Malik, anch'esso indiano tanto da domandarsi se le cosiddette ombre cinesi non si dovrebbero invece chiamare ombre indiane…! Bablu Malik fu vedette al Moulin Rouge di Parigi per molti anni e inventò delle parodie creando i profili di uomini politici famosi a quei tempi quali Kennedy, De Gaulle, Stalin…
Da non dimenticare è il sudamericano Primo Grotti a cui si deve la pantomima comica ma crudele del coniglietto che viene mangiato dal lupo.
In Italia abbiamo un ottimo artista dell'ombra che è Carlo Truzzi. A lui si devono alcune belle trovate create anche con le dita dei piedi. Carlo si esibisce con la moglie e quindi alcuni momenti, a quattro mani, possono essere molto più spettacolari.
In Francia Pascal Baudoin rima-

one who introduced him to the audience at the «Flic-Flac» shows. He always came on stage dressed in white silk under an enormous gilded umbrella and I used to tell the audience that he was an Indian prince married to the shadow of guardian of the Taj Mahal and every time they made love he produced more and more shadows.
Rao's fingers were slender and quick, but one of the most attractive features of his performance was his ability to render any of his characters ironical and amusing funny by means of noises, sounds and sentences in a language he had invented, or maybe it was one of India's innumerable dialects: we shall never know.
Joe Marvel was of the same generation, though his success was more American.
Another great shadow artist in Europe was another Indian Bablu Malik. One begins to wonder whether we should really be speaking about ombres indiennes. Bablu Malik starred at the Moulin Rouge in Paris for many years and parodied the politicians and statesmen of the hour: Kennedy, De Gaulle, Stalin and the rest.
And we must not forget the South American Primo Grotti who created the comic, but cruel panto-

ne du Taj Mahal, et que donc, toutes les fois où il s'unissait à elle, il produisait des ombres à n'en plus finir…
Rao avait des doigts fuselés et rapides et l'un des aspects les plus intéressants de sa performance théâtrale était sa capacité à rendre ironique et amusant n'importe quel personnage, en faisant des bruits, des sons et des phrases dans une langue de son invention… ou peut-être, s'agissait-il là d'un des nombreux dialectes de sa terre d'origine : nous ne le saurons jamais.
De la même génération, avec un succès davantage américain, l'on doit citer Joe Marvel.
Un autre grand ombromane en Europe fut Bablu Malik, lui aussi indien au point que l'on peut se demander si les soi-disant ombres chinoises ne devraient pas plutôt s'appeler ombres indiennes… ! Bablu Malik fut une vedette du Moulin Rouge, pendant de nombreuses années et il inventa des parodies tout en représentant les profils des hommes politiques célèbres au temps où Kennedy, De Gaulle, Staline…
Il ne faut pas oublier le sud-américain Primo Grotti à qui l'on doit la pantomime à la fois comique et cruelle du petit lapin qui finit par être mangé par le loup.
En Italie, nous avons un remarquable artiste de l'ombre, il s'agit de

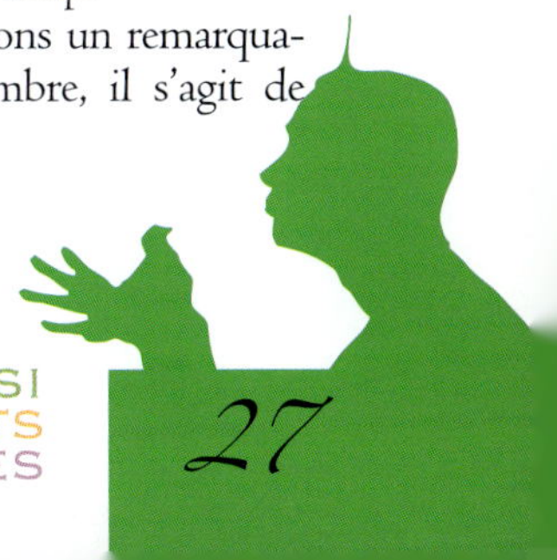

ne tuttora l'unico artista conosciuto per le ombre, Pascal vi aggiunge però un po' più di messa in scena proiettando delle sagome in cartone (quinte, palme, tendaggi) come scenografie in cui i personaggi mimati con le mani, vivono in maniera più completa. Pascal si avvale anche di sigarette e varie altre sagomine in cartone per realizzare i personaggi più strampalati.
Altri artisti che lavorano in coppia con una partner sono l'americano

mime of the rabbit eaten by the wolf.
Italy has a very good shadow artist, Carlo Truzzi, ho has devised some wonderful numbers in which he uses his toes. Carlo performs with his wife and with all four hands on the job their shows are much more spectacular.
Pascal Baudoin is still France's only well-known shadow artist. His shows, however, are accompanied by a certain mis en scène in

Carlo Truzzi. C'est à lui que l'on doit quelques trouvailles intéressantes créées entre autres avec les doigts de pied. Carlo réalise les représentations avec sa femme et donc, certains moments à quatre mains s'avèrent particulièrement spectaculaires.
En France, Pascal Baudoin demeure jusqu'à présent l'unique artiste connu pour les ombres ; il se distingue par la richesse de sa mise en scène : il projette des silhouettes en carton (coulisses, palmiers,

Sonny Fontana e i francesi Blackfingers.
Un altro artista italiano originalissimo è Antonio Versini che, tra l'altro, si è inventato tutta una pantomima divertente sulla canzone «Eri piccola» di Fred Buscaglione.

the form of cardboard cut-outs (set pieces, palm trees, curtains) so that the characters he mimes with his hands perform in a fuller context. Pascal also uses cigarettes and other little cardboard cut-outs to create his more oddball characters.
Other artists who work in pairs with a partner are the American Sonny Fontana and the French Blackfingers.
Antonio Versini is another very original Italian artist who, amongst other things, has invented a whole pantomime on the lines of Fred Buscaglione's song «Eri piccola».

rideaux), des scénographies où les personnages mimés avec les mains acquièrent une existence plus tangible. Pascal se sert aussi de cigarettes et de nombreuses autres silhouettes en carton pour réaliser les personnages les plus farfelus.
Parmi les artistes qui travaillent avec une partenaire l'on peut citer l'américain Sonny Fontana et les français Blackfingers.
Un autre artiste italien très original est Antonio Versini qui, entre autres, s'est inventé toute une pantomime amusante sur l'air de la chanson « Eri piccola » de Fred Buscaglione.

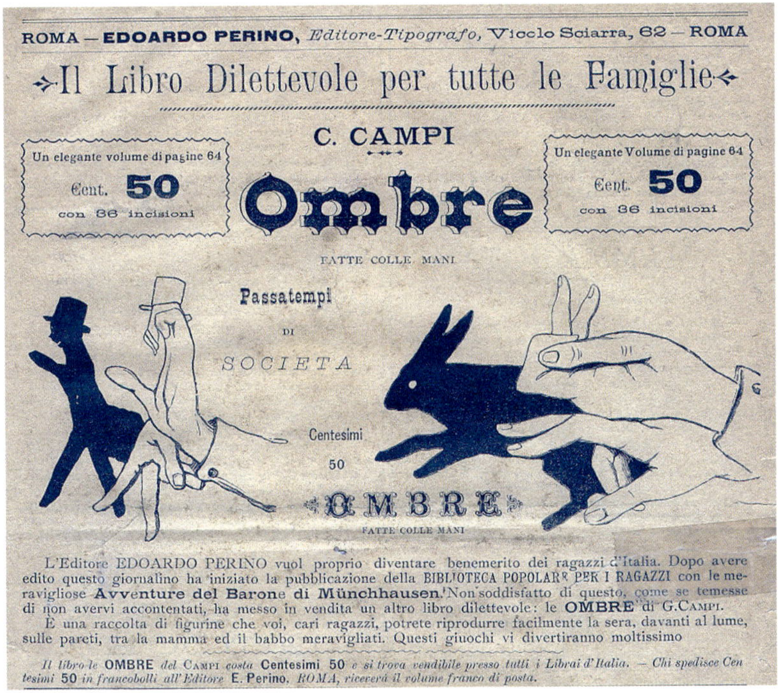
ROMA — EDOARDO PERINO, *Editore-Tipografo*, Vicolo Sciarra, 62 — ROMA

Il Libro Dilettevole per tutte le Famiglie

Un elegante volume di pagine 64
Cent. 50
con 36 incisioni

C. CAMPI
Ombre
FATTE COLLE MANI

Un elegante Volume di pagine 64
Cent. 50
con 36 incisioni

Passatempi
DI
SOCIETÀ

Centesimi
50

OMBRE
FATTE COLLE MANI

L'Editore EDOARDO PERINO vuol proprio diventare benemerito dei ragazzi d'Italia. Dopo avere edito questo giornalino ha iniziato la pubblicazione della BIBLIOTECA POPOLARE PER I RAGAZZI con le meravigliose **Avventure del Barone di Münchhausen.** Non soddisfatto di questo, come se temesse di non avervi accontentati, ha messo in vendita un altro libro dilettevole: le **OMBRE** di G. Campi.
È una raccolta di figurine che voi, cari ragazzi, potrete riprodurre facilmente la sera, davanti al lume, sulle pareti, tra la mamma ed il babbo meravigliati. Questi giuochi vi divertiranno moltissimo

*Il libro le* OMBRE *del* Campi *costa* Centesimi 50 *e si trova vendibile presso tutti i Librai d'Italia. — Chi spedisce Centesimi* 50 *in francobolli all'Editore* E. Perino, *ROMA, riceverà il volume franco di posta.*

● Copertina, pubblicità e ombra dell'autore da uno dei primi manuali di ombre cinesi di Giovanni Campi. ● Front cover, advertisement and shadow of the author, from one of Giovanni Campi's earliest shadow theatre manuals. ● Couverture, publicité et ombre de l'auteur provenant de l'un des premiers manuels d'ombres chinoises de Giovanni Campi.

# TECNICA E ESERCIZI PER REALIZZARE LE OMBRE CINESI
# TECHNIQUE AND EXERCISES FOR THE CREATION OF HAND SHADOWS
# TECHNIQUE ET EXERCICES POUR REALISER LES OMBRES CHINOISES

## ESERCIZI DI GINNASTICA CON LE MANI

Per poter creare delle ombre in maniera fluida bisogna naturalmente che le dita siano agili e svelte. Per esercitarsi allo scopo non c'è bisogno di studiare pianoforte o il prelievo del portafogli dai vostri vicini di bus, ma basta qualche semplice esercizio. I movimenti che ora illustrerò fanno parte anche della ginnastica base di ogni buon prestigiatore. È importantissimo che facciate questi esercizi lentamente. Se non riuscite subito sforzatevi ma poco per volta.

## HOW TO EXERCISE YOUR HANDS

For fluid shadow creation, your fingers must be nimble and quick. You don't need to learn to play the piano or nick wallets out of your fellow bus passengers' pockets. All you require are some simple exercises. The movements I am about to illustrate are part of what all good conjurers do to keep their hands in shape. These exercises must be performed slowly. If you can't manage them at first, make sure you persevere with them a bit at a time.

## EXERCICES DE GYMNASTIQUE POUR LES MAINS

Pour pouvoir créer des ombres de façon fluide, il faut naturellement que les doigts soient agiles et rapides. Pour atteindre son objectif, il n'est pas nécessaire d'étudier le piano ou de savoir dérober le portefeuille de vos voisins dans le bus, seuls quelques simples exercices suffisent. Les mouvements que j'illustre peu après font aussi partie de la gymnastique de base de tout bon prestidigitateur. Il est très important que vous fassiez ces exercices lentement. Si vous ne réussissez pas tout de suite, persévérez mais sans à-coup.

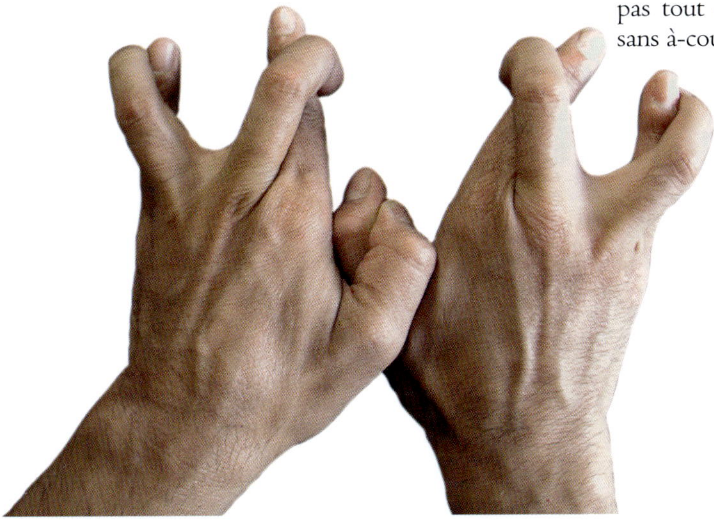

### *Esercizio numero uno*

Appoggiate entrambe le mani sul piano di un tavolo, come nella posizione da seduta spiritica, ma le cinque dita sono unite. Questa sarà la posizione base.
Divaricate il pollice e poi riportatelo indietro. Fate questo movimento, un pollice per volta poi alternativamente il destro e il sinistro.

### *Esercizio numero due*

Lentamente cercate di staccare il mignolo dal resto della mano. L'anulare sarà portato a seguire automaticamente il movimento del mignolo ma ciò non deve accadere. Le restanti dita devono rimanere immobili e il palmo ben steso sul tavolo. Fatelo una mano per volta, dieci volte per parte poi ricominciate.

### *Esercizio numero tre*

Posizione base. Sempre con il palmo sul piano del tavolo e le dita unite, divaricate le quattro dita, due per parte: l'anulare e il mignolo da una parte e l'indice e il medio dall'altra, poi riportatele indietro. Le coppie di dita devono muoversi insieme, come una forbice.

### *Exercise one*

Lay both hands, palms down, on a table as if you were at a séance, but with the five fingers together. This is the basic position.
Spread out your thumbs, one at a time, and then bring them back. Repeat this exercise with the left and right thumb alternately.

### *Exercise two*

Spread out one little finger slowly. The ring finger will automatically try to follow, but this must not happen. The other fingers must stay still with your palm flat on the table. Repeat ten times for each hand and then start again.

### *Exercise three*

Basic position. Palms flat on the table and fingers together. Spread out each set of four fingers in pairs: the little finger with the ring finger, and the index finger with the middle finger. Then bring them together again like a pair of scissors.

### *Exercice numéro un*

Posez les deux mains sur la surface d'une table, comme pour la position adoptée lors de séance de spiritisme, mais les cinq doigts restent joints. Il s'agira là de la position de base.
Ecartez le pouce et ramenez-le en position initiale. Faites ce mouvement, un pouce à la fois puis, alternez le gauche et le droit.

### *Exercice numéro deux*

Lentement, essayez de détacher l'auriculaire du reste de la main. L'annulaire tendra automatiquement à suivre le mouvement mais cela ne doit pas se produire. Les doigts restants doivent rester immobiles et la paume bien à plat sur la table. Procédez une main à la fois, dix fois chacune, puis recommencez.

### *Exercice numéro trois*

Position de base. En maintenant la paume sur la surface de la table et les doigts serrés, déliez les quatre doigts, deux de chaque côté : l'annulaire et l'auriculaire d'un côté et l'index et le majeur de l'autre puis, reprenez de nouveau. Les couples de doigts doivent bouger simultanément, comme une paire de ciseaux.

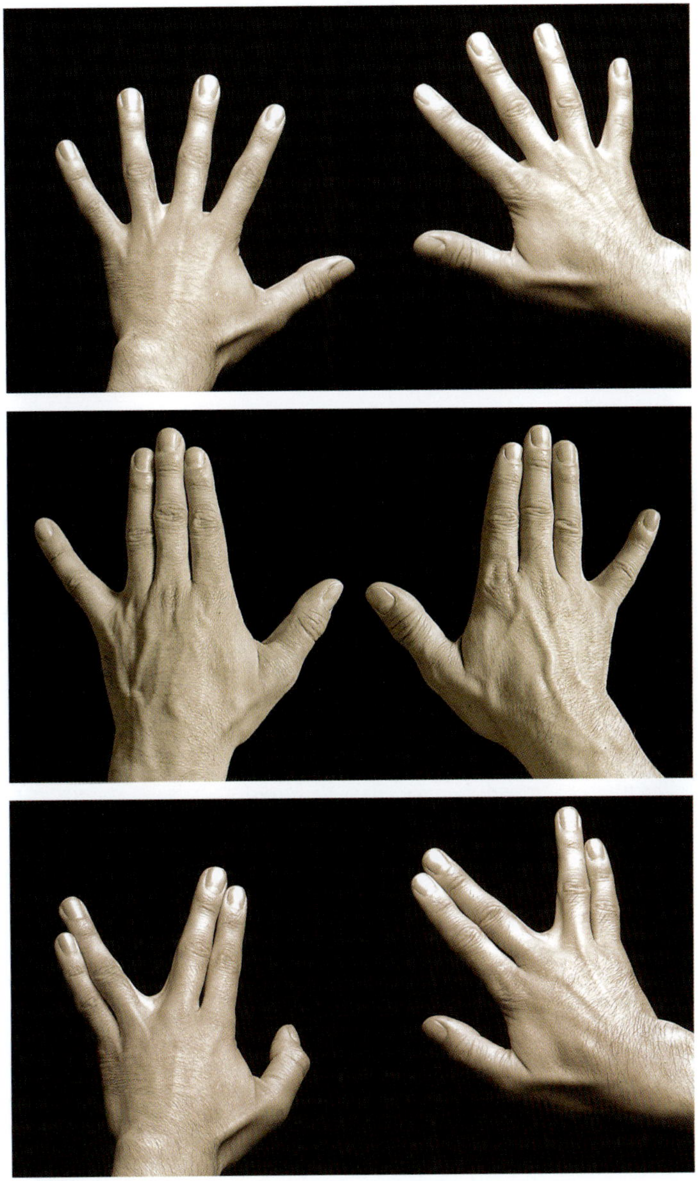

ESERCIZI DI GINNASTICA CON LE MANI
HOW TO EXERCISE YOUR HANDS
EXERCICES DE GYMNASTIQUE POUR LES MAINS

### *Esercizio numero quattro*

Posizione base. Divaricate contemporaneamente le dita più estreme, il mignolo e l'indice, lasciando il medio e l'anulare immobili, uniti al centro.
Quando si è riusciti a fare bene questi esercizi appoggiati al piano del tavolo, ripetere gli stessi senza il tavolo, lasciando le mani distese bene, davanti a voi, su un tavolo immaginario.

### *Exercise four*

Basic position. Spread out the index and little fingers simultaneously without moving the middle and ring fingers.
When you can carry out these movements easily on the table, try repeating them with your hands in the air over an imaginary table.

### *Exercice numéro quatre*

Position de base. Déliez simultanément les doigts aux extrémités, l'auriculaire et l'index, en laissant le majeur et l'annulaire immobiles, unis au centre.
Quand vous êtes parvenu à bien exécuter ces mouvements à l'appui sur la surface de la table, reprenez ces mêmes exercices sans l'aide de la table, tout en maintenant les mains bien tendues devant vous, sur une table imaginaire.

### *Esercizio numero cinque*

Appoggiare le mani sul tavolo ma questa volta sul dorso, in modo da avere il palmo in alto.
Procuratevi una bottiglietta da bibita, tipo succo di frutta o Coca Cola vuota.
Infilate il collo della bottiglia in un dito, per esempio l'indice e, distendete mano e bottiglia sul tavolo. Cercate di alzare la bottiglia piegando il dito, molto lentamente e senza movimenti bruschi. Questo esercizio sviluppa i muscoli delle falangi, è un po' come fare del body-building per le dita. Fate ciò un dito per volta, senza stancare troppo la mano.
È sempre meglio fare questi esercizi per quindici minuti al massimo, una volta al giorno. Non c'è bisogno di sforzare le mani, anzi, può essere controproducente.
State inoltre attenti a non piegare i polsi, lasciandoli bene in asse con il braccio e la mano.

### *Exercise five*

This time lay the backs of your hands on the table with the palms facing upwards. Place one finger, for example your index finger, in the neck of an empty soft drink bottle and lift it very slowly without jerking. Then do the same with the other fingers. This type of bodybuilding exercise strengthens the finger muscles and should not be carried out for more than 15 minutes each day. There's no need to force your hands. This, in fact, might do more harm than good.
Do not bend your wrist. It must stay in a straight line with the forearm and the hand.

### *Exercice numéro cinq*

Posez les mains sur la table mais cette fois-ci sur le dos, de façon à avoir la paume dirigée vers le haut. Procurez- vous une petite bouteille de jus de fruit ou de Coca Cola vide. Passez un doigt dans le goulot de la bouteille, par exemple l'index et, étendez main et bouteille sur la table. Essayez de soulevez la bouteille en pliant le doigt, très lentement et sans mouvements brusques. Cet exercice développe les muscles des phalanges, c'est un peu comme faire du body building pour les doigts. Procédez un doigt à la fois, sans trop fatiguer la main. Il est toujours souhaitable de pratiquer ces exercices sur une durée de quinze minutes maximum, une fois par jour. Il n'est pas nécessaire de forcer les mains, bien au contraire, cela pourrait s'avérer nocif. Soyez aussi attentif à ne pas plier les poignets afin de bien laisser dans le même axe le bras et la main.

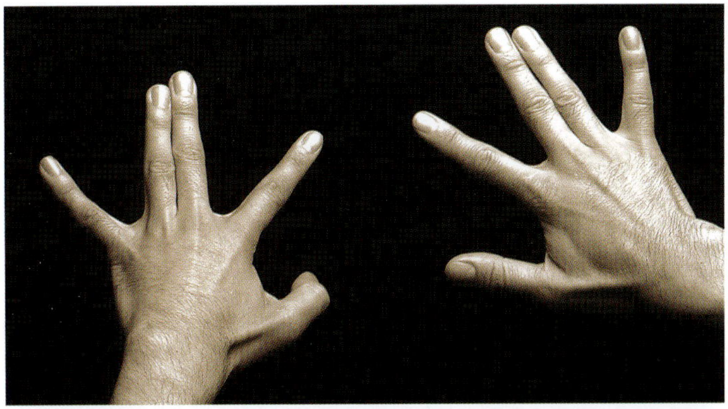

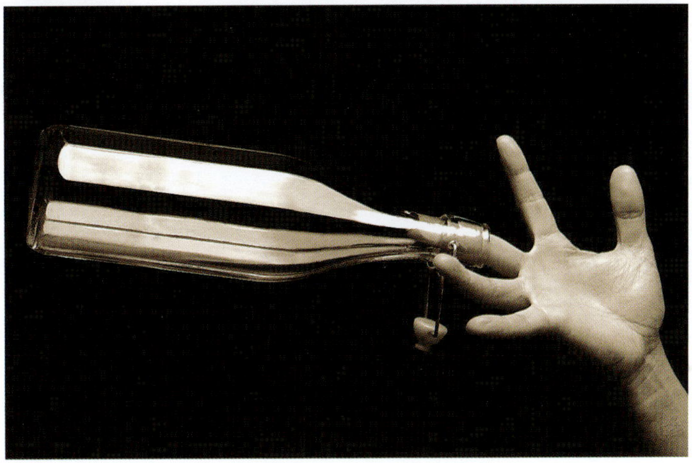

Quando studiate un'ombra, non sforzate le mani per più di cinque minuti nella stessa posizione e non fate movimenti che procurano dolore. Se sentite dei crampi o degli stiramenti smettete subito e lasciate riposare le mani.

When learning how to cast a shadow, do not force your hands to stay in the same position for more than five minutes. No movement should ever be painful. Stop and rest your hands at the first signs of cramp or overstretching.

Quand vous étudiez une ombre, ne forcez pas les mains plus de cinq minutes dans la même position et n'exercez aucun mouvement qui soit douloureux. Si vous sentez des crampes ou des tiraillements cessez sur le champ et laissez les mains au repos.

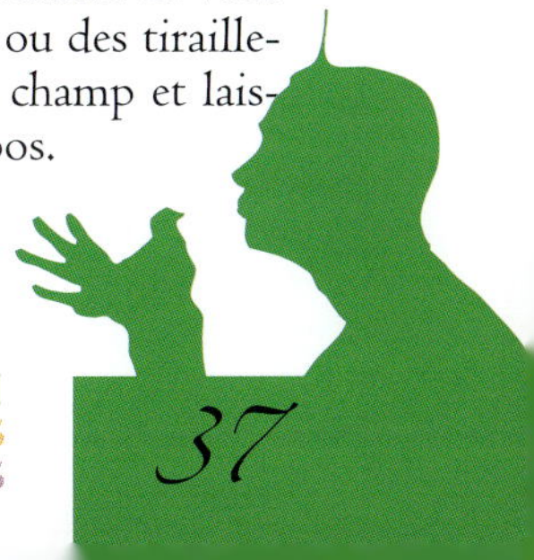

# COSTRUZIONE DELLA FONTE DI LUCE

## *La luce puntiforme*

Per tanti secoli l'uomo ha creato delle ombre con le mani usando come fonte di luce il sole, la luna o la luce di una candela.
Come vedete tutte queste luci hanno una sorgente puntiforme, nel senso che sono generate da una fonte luminosa da un punto unico, per cui le ombre si delineano nitidamente. Se osservate le ombre create dai filamenti di una normale lampadina o dalla luce diffusa del neon risultano doppie o sfocate.
Le ombre più nette si creano con la luce di una candela, di una piccola lampada alogena oppure oggi anche con un LED piuttosto potente.
La più semplice di tutte è ovviamente la luce di una candela che con il suo caratteristico tremolio e la sua luminosità giallastra rende l'atmosfera ancora più poetica. La candela è tuttavia abbastanza pericolosa e necessita comunque di una schermatura che non abbagli gli spettatori impedendo una buona visione dei contorni dell'ombra.

# LIGHT SOURCES

## *Concentrated light*

Sunlight, moonlight and candlelight were obvious additions to firelight in the shadow artistry of earlier times. These are all single-point sources and hence produce sharp, clearly defined shadows, whereas those created by the incandescent filaments of an ordinary light bulb or the diffused light from a neon tube are doubled or out of focus.
The sharpest shadows are given by candlelight, a small halogen lamp or even a powerful LED.
The simplest source is obviously a candle with its typically flickering, yellowish light that turns one's mind to poetry and romance. Candles, however, can be dangerous and their naked light must in any case be screened to avoid glare and this obstructs the view of a shadow's outlines.
A serviceable equivalent of what used to be called a bulls eye lantern (see drawing) can be made by cutting a hole about one cen-

# REALISATION D'UNE SOURCE LUMINEUSE

## *La source lumineuse ponctuelle*

Pendant de nombreux siècles, l'homme a créé des ombres avec les mains en utilisant comme source lumineuse le soleil, la lune ou la lueur d'une chandelle.
Comme vous le constatez, toutes ces lumières ont une source ponctuelle, en ce sens qu'elles sont générées par une source lumineuse partant d'un unique point, de cette façon les ombres se dessinent avec précision. Si vous observez les ombres crées par les filaments d'une ampoule ordinaire ou par la lumière diffuse du néon elles apparaissent doubles ou floues.
Les ombres les plus nettes se créent grâce à la lumière d'une bougie, d'une petite lampe halogène ou bien, aujourd'hui, grâce à une LED (Diode Electro Luminescente) assez puissante.
La plus simple de toutes est, bien sûr, la lumière d'une bougie qui, caractérisée par son scintillement et sa teinte jaunâtre, rend l'atmosphère encore plus poétique. La bougie est

Con semplici mezzi possiamo costruire ciò che un tempo si chiamava lanterna cieca (vedi disegno). Un barattolo di latta opportunamente bucato può servire benissimo allo scopo. Ma attenzione a non ferirvi con la lamiera mentre bucate la latta. Il buco deve essere di circa un centimetro di diametro. La lampada alogena è certamente la più luminosa ma per ottenere un buon effetto nitido si deve neutralizzare bene la parte riflettente che di solito circonda la lampadina, infatti questa tende a diffondere la luce da più punti aumentandone l'intensità, ma creando doppi contorni o sfocature. Innanzi tutto procuratevi una lampadina piccola della misura di un dito mignolo, poi proiettate la luce in direzione di una superficie chiara e create un'ombra con la mano. Se l'ombra è nitida siete fortunati e non dovete modificare alcunché. In caso contrario sfilate il bulbo senza toccarlo direttamente con le dita (usate un guanto o un pezzo di carta) poi procuratevi uno spray opaco nero resistente ad alte temperature (di solito usato per l'interno dei motori) annerite la parte riflettente, aspettate che asciughi, rimontate il tutto e voilà.

timetre in diameter in an empty tin can (mind your fingers!). A halogen lamp is certainly brighter, but to get really sharp shadows you must neutralize its reflector, since this diffuses the light and hence results in double outlines or poor focus. The first thing to do is to project the light from a small halogen bulb about the size of the tip of your little finger onto a white surface and make a shadow with your hand. If the shadow is sharp, you're in luck. If it isn't, put on a glove or use a piece of paper to take the bulb out (it must not be allowed to touch your bare fingers). Then spray the reflector with a dull black paint resistant to high temperatures (of the type used inside engines), wait for it to dry and replace the bulb.
A slide projector (without its lens, of course) can also be employed.
LED light is most certainly the safest when space is limited. It must be pale white, green or blue.

### *The screen*

A pale wall, a white sheet or a projection screen are all adequate surfaces for the animation of your characters. A more theatrical air can readily be conferred by marking out a round or square «stage»

cependant assez dangereuse et requiert donc un écran qui n'éblouisse pas les spectateurs pour permettre une bonne vision des contours de l'ombre.
Avec de simples moyens nous pouvons construire ce qu'autrefois nous appelions une lanterne sourde (voir le dessin). Une boîte en fer, volontairement percée, peut très bien servir notre objectif. Mais, attention à ne pas vous blesser avec le métal lorsque vous percez la boîte. Le trou doit être d'un centimètre de diamètre environ.
La lampe halogène est certainement la plus lumineuse mais, pour obtenir un effet bien net, on doit neutraliser la partie réfléchissante qui habituellement entoure l'ampoule, en effet, celle-ci tend à diffuser la lumière depuis plusieurs points en augmentant l'intensité mais en créant des contours doubles ou flous. Avant tout, procurez-vous une petite ampoule de la taille d'un petit doigt, puis projetez la lumière en direction d'une superficie claire et créez une ombre avec la main. Si l'ombre est nette vous avez de la chance et ne devez apporter aucune modification. Dans le cas contraire, enlevez l'ampoule sans la toucher directement avec les doigts (utilisez un gant ou un mor-

Se avete un proiettore di diapositive può andare bene egualmente a patto che togliate la lente.
La luce a LED è certamente la più sicura da usare in uno spazio ridotto. È importante che la luce emessa sia di colore chiaro bianca, verde o blu.

## *Lo schermo da proiezione*

Una parete chiara, un lenzuolo bianco, uno schermo da proiezione saranno ottime superfici per animare i vostri personaggi. Per rendere la rappresentazione più teatrale possibile, suggerisco di delimitare uno spazio rotondo o quadrato: sarà il vostro teatrino delle ombre.
Se la superficie illuminata è troppo grande e volete ridurla alla giusta dimensione del cerchio o del quadrato, potete creare una mascherina con un foglio di alluminio da cucina opportunamente ritagliato da posizionare vicino alla fonte luminosa.
Potete ritagliare anche delle sagome come palme, montagne, alberi, tendaggi, finestre, che come delle quinte renderanno lo schermo più ricco di scenografia (vedi disegno).

## *Effetti speciali*

Per ottenere sfondi colorati potete usare delle gelatine teatrali acquistabili in qualsiasi punto vendita on your screen to form your little shadow theatre.
This can easily be done with the aluminium foil used to wrap up food. Cut out a shield of the appropriate size and place it close to your light source.
You can also cut out mountains, palms and other trees, curtains and windows for use as set pieces and backcloths like the scenery of a live theatre (see drawing).

## *Special effects*

For coloured backgrounds, you can place theatrical gelatine films obtainable from any show lighting sales point after the shield. They can stand the heat produced by the light source, but be careful because they may burn if they are close to the lamp.

ceau de papier) puis procurez-vous un spray de teinte noire opaque résistante à haute température (utilisé habituellement pour l'intérieur des moteurs), noircissez la partie réfléchissante, attendez qu'elle soit sèche, remontez le tout et voilà !
Si vous avez un projecteur de diapositives, il peut convenir tout autant à condition que vous enleviez la lentille.
La LED est certainement la plus sûre d'utilisation dans un espace réduit. Il est important que la lumière émise soit de couleur claire, blanche, verte ou bleue.

## *L'écran de projection*

Un mur clair, un drap blanc, un écran de projection seront des surfaces optimales pour animer vos personnages. Pour rendre la représentation la plus théâtrale possible, je suggère de délimiter un espace arrondi ou carré : ce sera votre petit théâtre des ombres.
Si la superficie illuminée est trop grande et que vous vous voulez la réduire à la dimension exacte du cercle ou du carré, vous pouvez créer un masque avec une feuille d'aluminium de cuisine, découpé de façon à être positionné près de la source lumineuse.
Vous pouvez découper aussi des silhouettes comme, par exemple,

di luci da spettacolo, da applicare dopo la mascherina. Queste pellicole colorate sono resistenti al calore prodotto dalla fonte di luce, ma attenzione possono comunque bruciare se posizionate troppo vicine alla lampada.

- Scatola di latta con lampada alogena.
- Tin can with a halogen lamp.
- Boîte en fer avec lampe halogène.

- Barattolo con candela all'interno.
- Candle inside a tin can.
- Boîte en fer avec bougie à l'intérieur.

des palmiers, des montagnes, des arbres, des tentures, des fenêtres, qui, comme les coulisses, enrichiront l'écran d'un véritable décor (voir dessin).

### *Effets spéciaux*

Pour obtenir des fonds colorés, vous pouvez utiliser de la gélatine conçue pour le théâtre, vendue dans tous les magasins d'éclairages pour spectacle ; elle sera à appliquer après le masque.
Ces pellicules colorées sont résistantes à la chaleur produite par la source lumineuse, mais, attention, elles peuvent toutefois brûler si vous les placez trop près de la lampe.

- Proiettore di diapositive senza le lenti.
- Slide projector without its lens.
- Projecteur de diapositives sans les lentilles.

# OMBRE DI ANIMALI E DI PERSONAGGI
# SHADOWS OF ANIMALS AND CHARACTERS
# OMBRES D'ANIMAUX ET DE PERSONNAGES

Il cervo è un animale maestoso e quindi non dovete fare movimenti bruschi. Potete dare l'illusione della corsa muovendo le mani lentamente disegnando piccoli cerchi.

The deer is a lordly animal, so there must be no sudden movements. You can create a running effect by moving your hands slowly in little circles.

Le cerf est un animal majestueux et vous ne devez donc pas faire de mouvements brusques. Vous pouvez donner l'illusion de sa course en bougeant lentement les mains tout en décrivant de petits cercles.

È un'ombra tra le più difficili ma di grande effetto. L'elefante ha movimenti lenti e maestosi. Non entrate troppo nel cerchio di luce con le mani altrimenti l'elefante sembrerà senza corpo. L'indice e il medio della mano superiore fanno muovere le orecchie, mentre la mano inferiore mima la proboscide che porta lentamente il cibo alla bocca.

This is one of the most difficult shadows to achieve but it is also very impressive. An elephant moves slowly and majestically. Don't let your hands get too far into the circle of light, otherwise the elephant will seem to have no body. The index and middle fingers of the upper hand move the ears, while the lower hand mimes the trunk slowly taking food to the animal's mouth.

C'est une ombre des plus difficiles mais à l'effet spectaculaire. L'éléphant a des mouvements lents et majestueux. N'entrez pas trop dans le cercle de lumière avec les mains sinon l'éléphant semblera ne pas avoir de corps. L'index et le majeur de la main supérieure font bouger les oreilles, tandis que la main inférieure mime la trompe qui porte lentement la nourriture à la bouche.

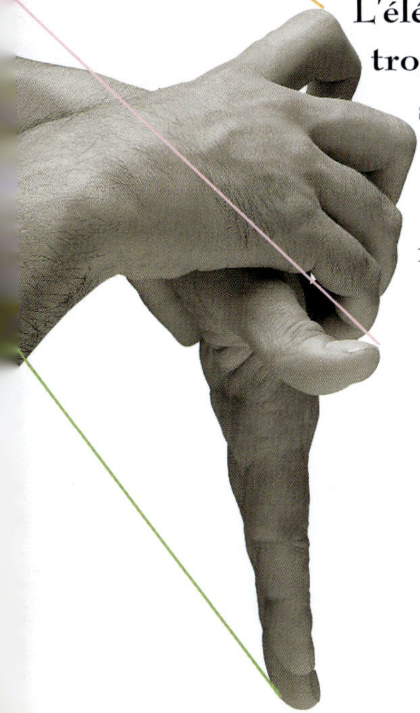

Con i polsi ben fermi cercate di muovere le dita, che sono le orecchie, tenendole ben tese. Per la bocca usate il mignolo dell'altra mano. Potete dire: «Questo sono io quando ero a scuola».

Hold your wrists still and move your fingers to form the donkey's ears. Don't let them flop! Use the little finger of the other hand for the mouth. You can say: «This was me when I was at school».

Avec les poignets bien fermes, essayez de bouger les doigts qui correspondent aux oreilles tout en les maintenant bien tendus. Pour la bouche, utilisez l'auriculaire de l'autre main. Vous pouvez dire : « Celui-là, c'est moi, lorsque j'allais à l'école ».

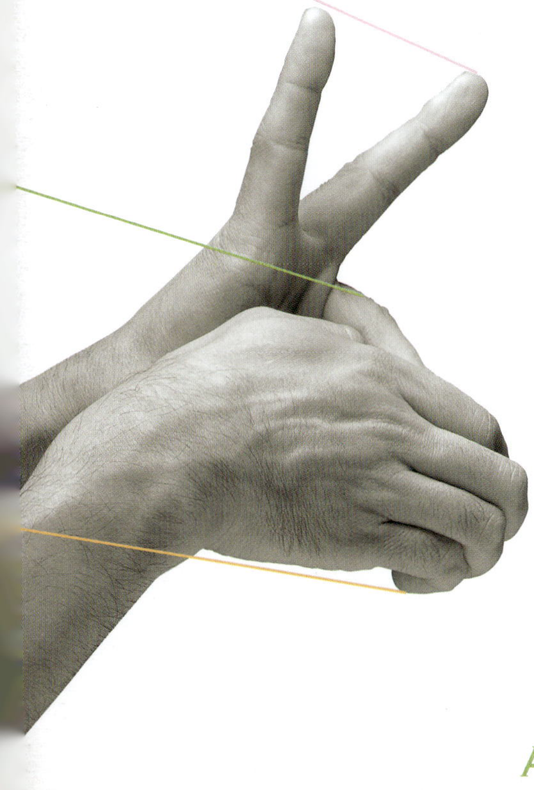

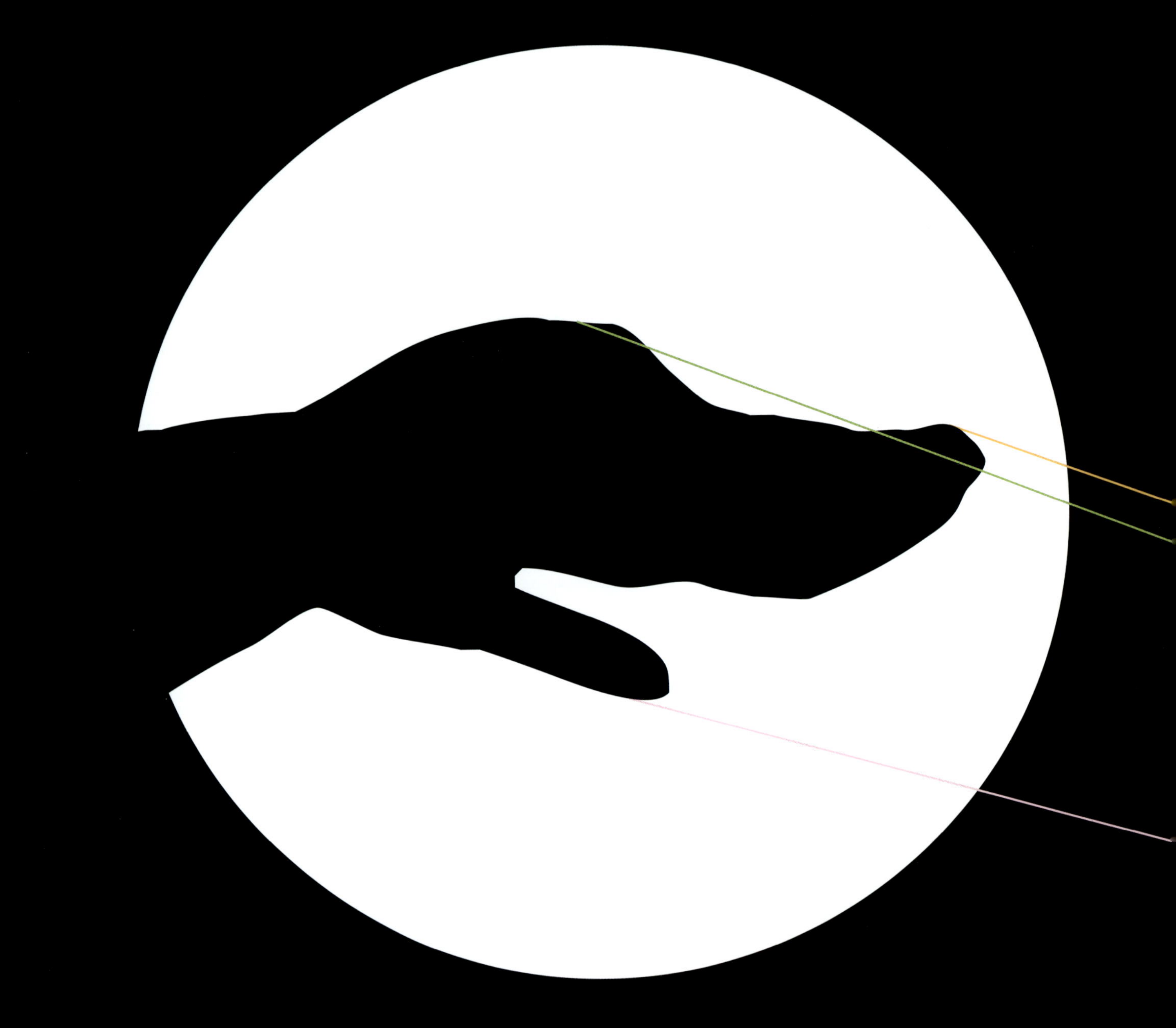

Per aprire la bocca usate il pollice della mano inferiore. Entrate con le mani nel cerchio di luce fino al limite del collo. Quando il bassotto abbaia si rivolge in alto, «...perché è piccolo».

Open the mouth with the thumb of your lower hand. Your hands enter the circle of light as far as the neck. When the dachshund barks, it throws its head back «because he's such a wee doggie».

Pour ouvrir la bouche utilisez le pouce de la main inférieure. Entrez avec les mains dans le cercle de lumière jusqu'à la limite du cou. Quand le basset aboie, il hausse la tête, « ...parce qu'il est petit ».

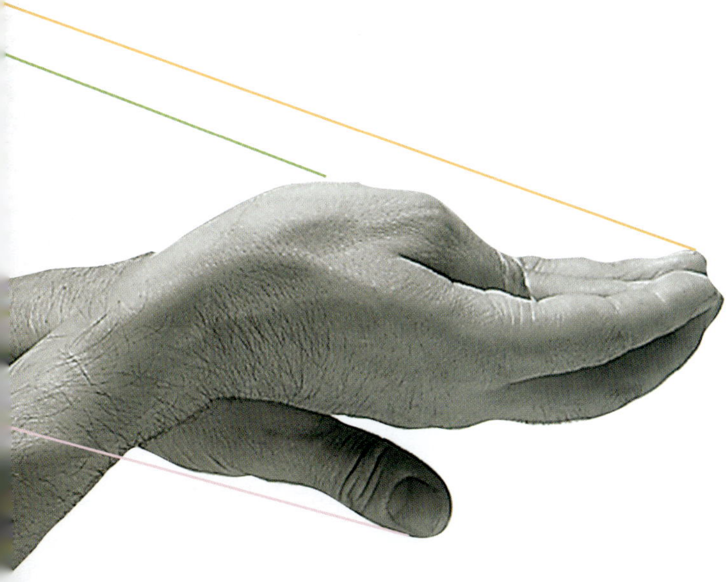

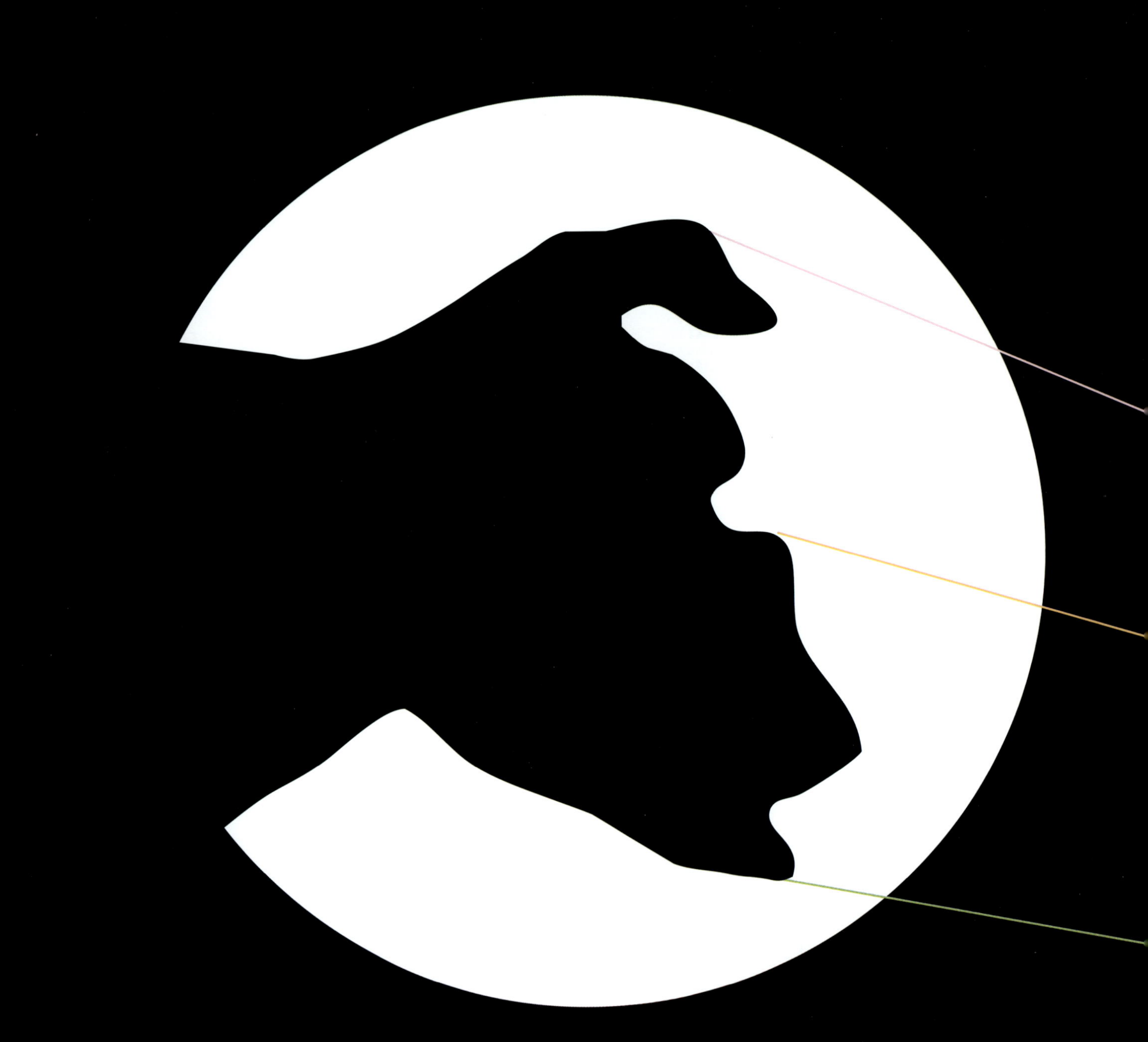

Animate le orecchie muovendo il pollice della mano superiore e la bocca con il pollice di quella inferiore. I pugni devono rimanere fermi.

Animate the ears with the thumb of the top hand and the mouth with the thumb of the lower hand. Your fists must stay still.

Animez les oreilles en bougeant le pouce de la main supérieure et la bouche avec le pouce de la main inférieure. Les poings doivent rester immobiles.

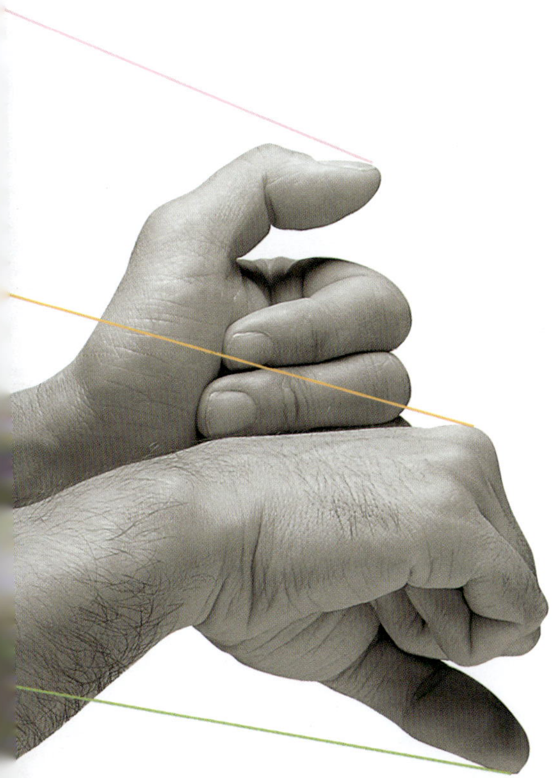

In questa ombra si vedono entrambe le orecchie del cane. Muovetele insieme e coordinate. Se siete bravi fate penzolare la lingua usando uno dei due mignoli. Imitate i versi del cane.

Both the dog's ears are seen in this shadow. Move them together coordinately. If you are deft, use a little finger to show his tongue lolling down. Imitate the dog's bark.

Pour cette ombre, les deux oreilles du chien se voient. Bougez-les ensemble de façon coordonnée. Si vous êtes habile, faites pendre la langue en utilisant l'un des deux auriculaires. Imitez les aboiements.

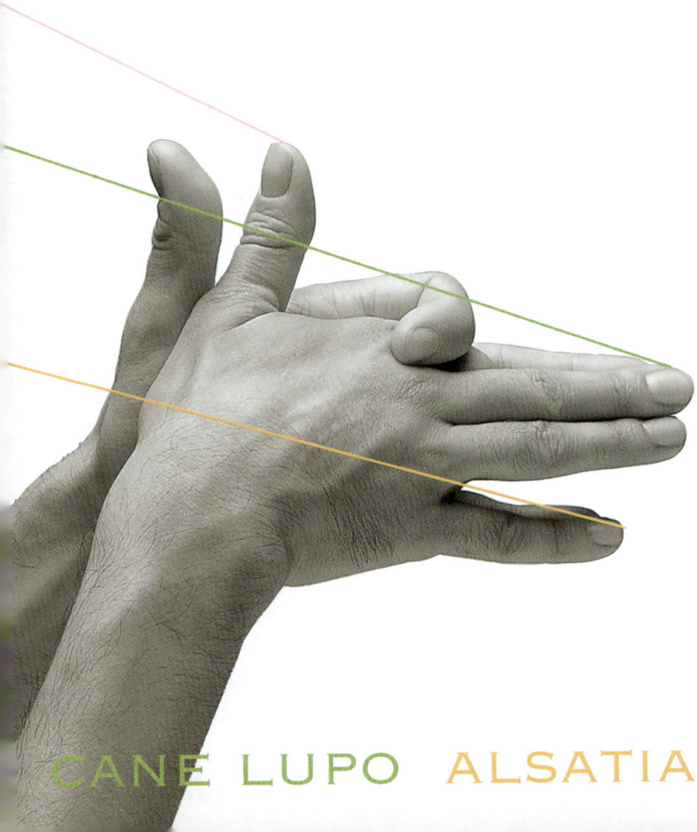

CANE LUPO ALSATIAN CHIEN LOUP

È molto importante che entrambe le mani siano ben ferme. L'illusione dell'occhio che si muove viene creata con il mignolo della mano che fa le corna.

Both hands must be held still to create this shadow. Eye movement is imitated with the little finger of the hand used for the horns.

Il est très important que les deux mains restent bien immobiles. L'illusion de l'œil qui bouge est créée grâce à l'auriculaire de la main qui fait les cornes.

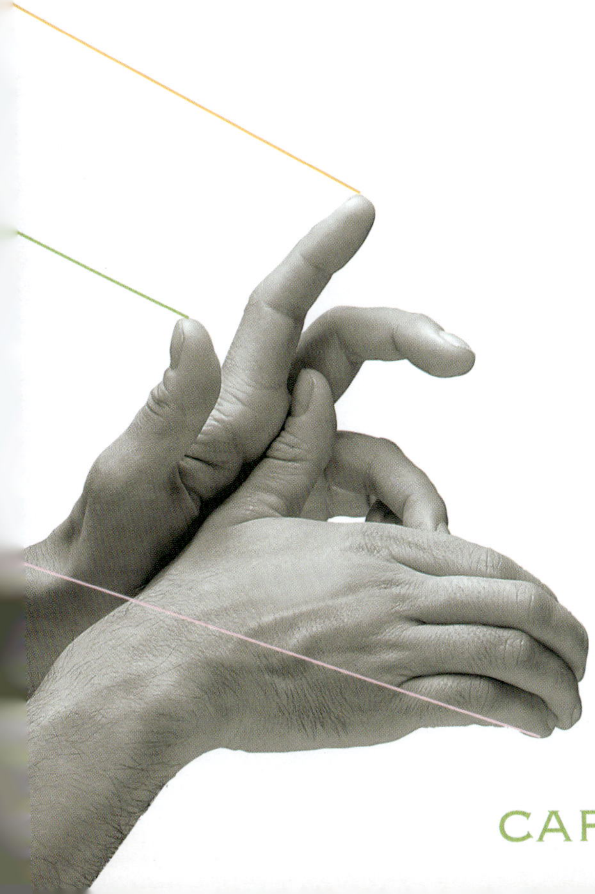

Il cigno è più realistico quando con il becco mima l'azione di pulizia delle piume della coda. Muovete il braccio in alto verso la mano che sta sulla nuca. Il collo può anche mimare l'azione di bere con movimento flessuoso.

A swan becomes even more realistic when it is mimed preening its tail feathers. Move your arm up towards the hand which is at the head. The neck can also mime supple drinking movements.

Le cygne est plus réaliste lorsque le bec imite l'action de la toilette des plumes de la queue. En bougeant le bras du haut vers la main qui se trouve sur la nuque. Le cou peut aussi mimer l'action de boire avec un mouvement fluide.

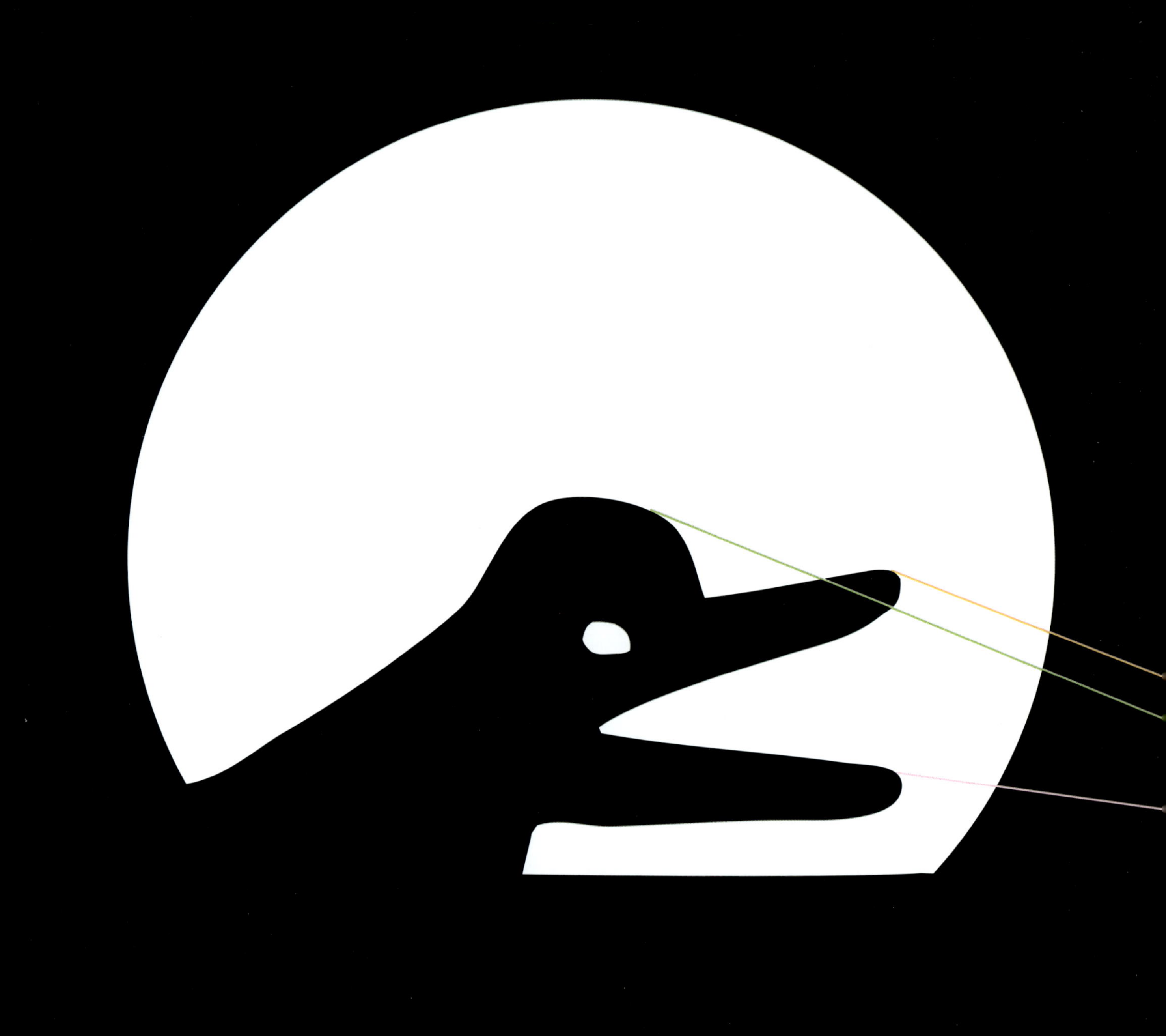

Con il braccio orizzontale create il rivo d'acqua abbassandolo e alzandolo molto lentamente. Con l'altra mano avanzate e fate capolino con la testa spalancando le fauci.

One arm is horizontal and gently rising and falling to give the illusion of water. The other hand slowly comes up and peeks out in the shape of a head and gaping jaws.

Avec le bras horizontal, créez le cours d'eau en le baissant et en le haussant très lentement. Avec l'autre main, avancez et faites apparaître la tête tout en déployant les mâchoires.

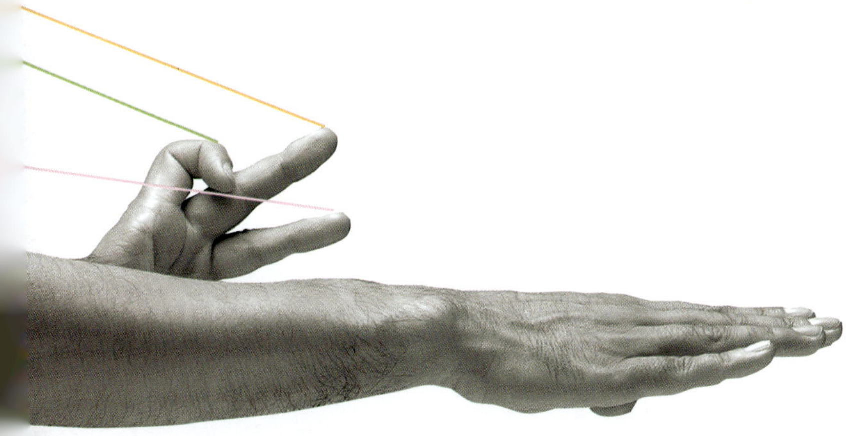

Potete allargare e richiudere le dita della mano che creano la coda, mimando la colomba in amore.
La colomba può beccarvi in testa e darvi bacini tra le risate del vostro pubblico.

You can spread and join the fingers forming the tail to mime a dove courting. A dove can peck you on the head and give you little kisses, much to the amusement of your audience.

Vous pouvez éloigner et refermer les doigts de la main qui forment la queue, en imitant la colombe à la période des amours. La colombe peut vous donner des coups de bec et vous donner des baisers au milieu des rires de votre public.

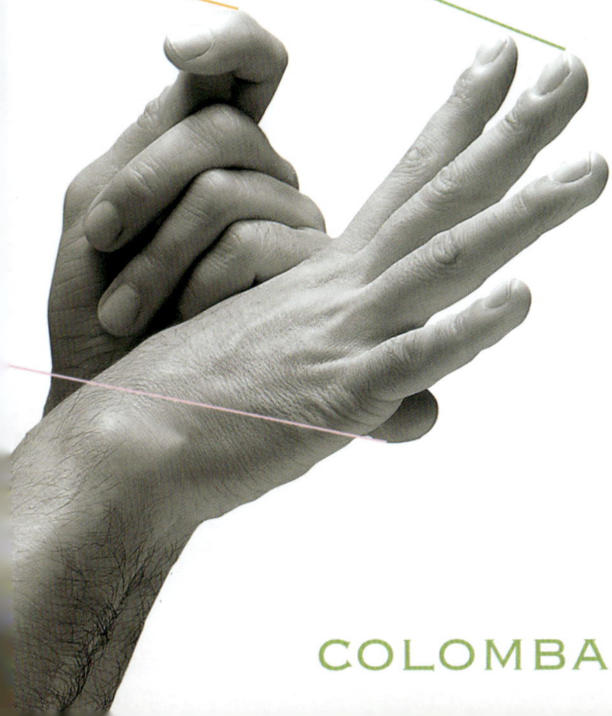

Con il gomito alzato create un piano d'appoggio, il coniglio può stare ritto portando le zampine alla bocca per cibarsi (indice e medio della mano inferiore). Con le dita corrispondenti dell'altra mano create le orecchie e con il pollice il codino. Il coniglio si muove rapidamente e poi si ferma di scatto per ascoltare un rumore sospetto.

Raise your arm bent at the elbow to create a flat surface. The rabbit can be standing with its paws (index and middle fingers of the lower hand) bringing food to its mouth. Use the same fingers of the other hand to create the ears, and the thumb for its scut. Rabbits move in spurts and stop suddenly to listen for danger.

Avec le coude levé, vous créez un plan d'appui, le lapin peut se tenir droit et amener les pattes à sa bouche pour se nourrir (index et majeur de la main inférieure). Avec les doigts correspondants à l'autre main, formez les oreilles et avec le pouce la petite queue. Le lapin bouge avec rapidité et s'arrête d'un coup pour écouter un bruit suspect.

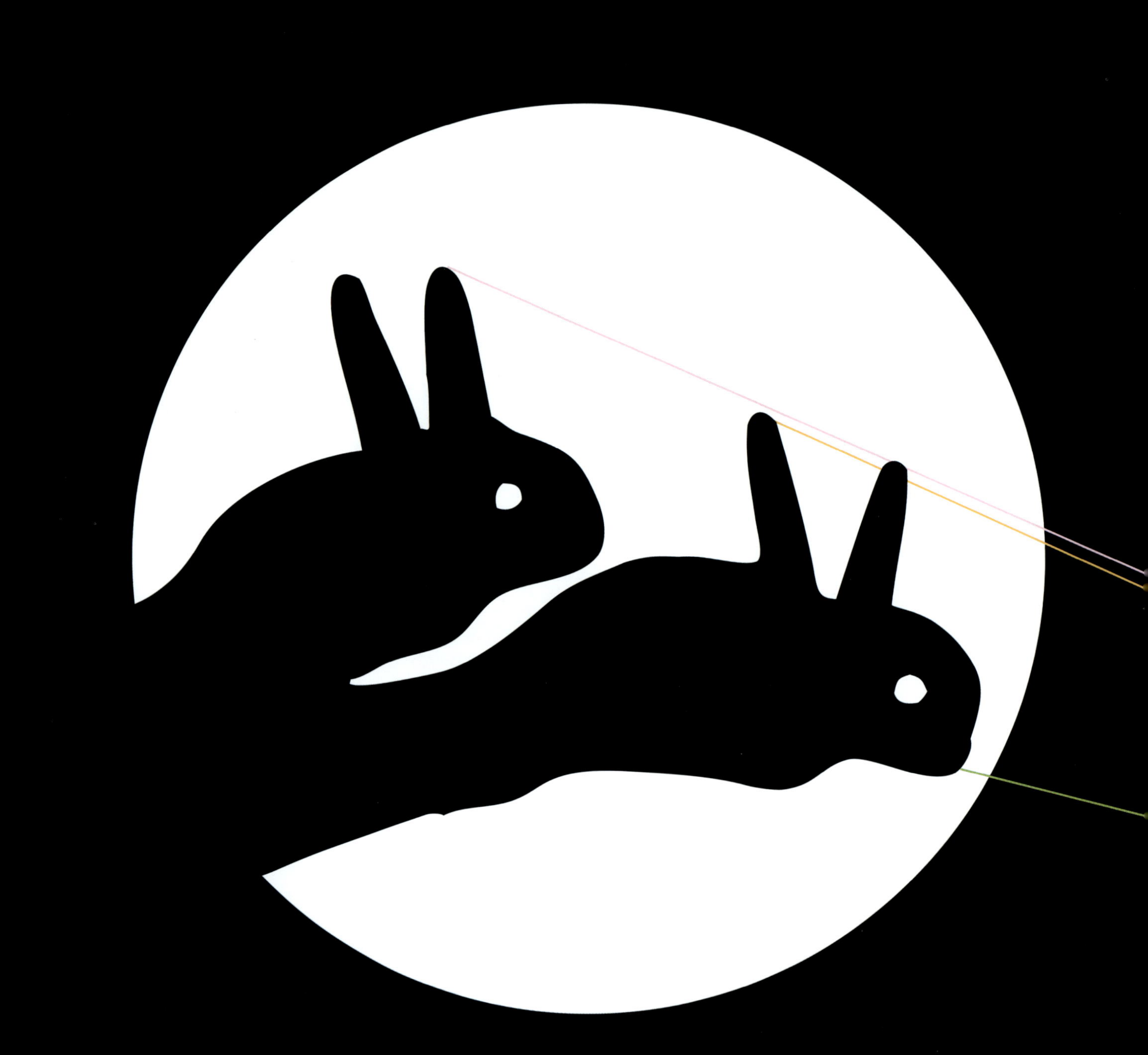

Dopo l'ombra del coniglio potete dare un tocco di umorismo mimando un secondo coniglietto che insegue l'altro…

After the first rabbit shadow you can add a touch of humour by miming a second rabbit chasing after the first.

Après l'ombre du lapin, vous pouvez apporter une touche d'humour en mimant un deuxième lapin qui suit l'autre…

Mettete le mani in posizione come da foto e poi muovetele come se cullaste un neonato. La coda spunta in un secondo momento usando l'indice della mano in basso. Imitate il miagolio.

Position your hands as in the photo and then move them as if you were cradling a baby. Add the tail later with the index finger of the lower hand. Imitate a cat meowing.

Mettez les mains en position comme sur la photo puis, bougez-les comme si vous berciez un nouveau-né. Dans un deuxième temps, la queue se lève en utilisant l'index de la main inférieure. Imitez le miaulement.

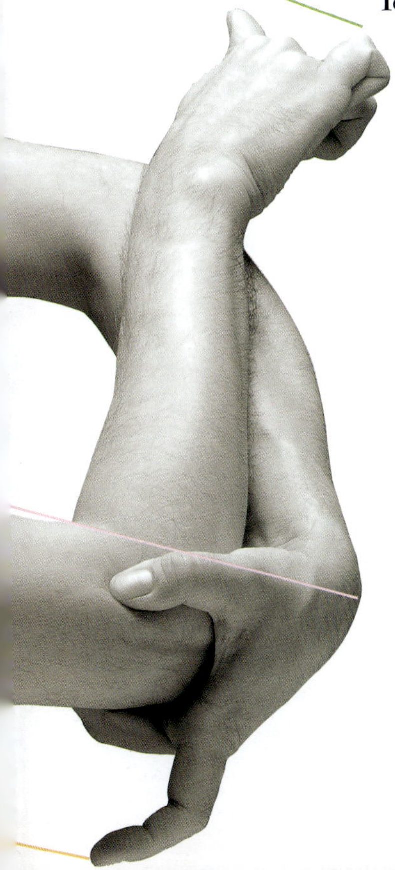

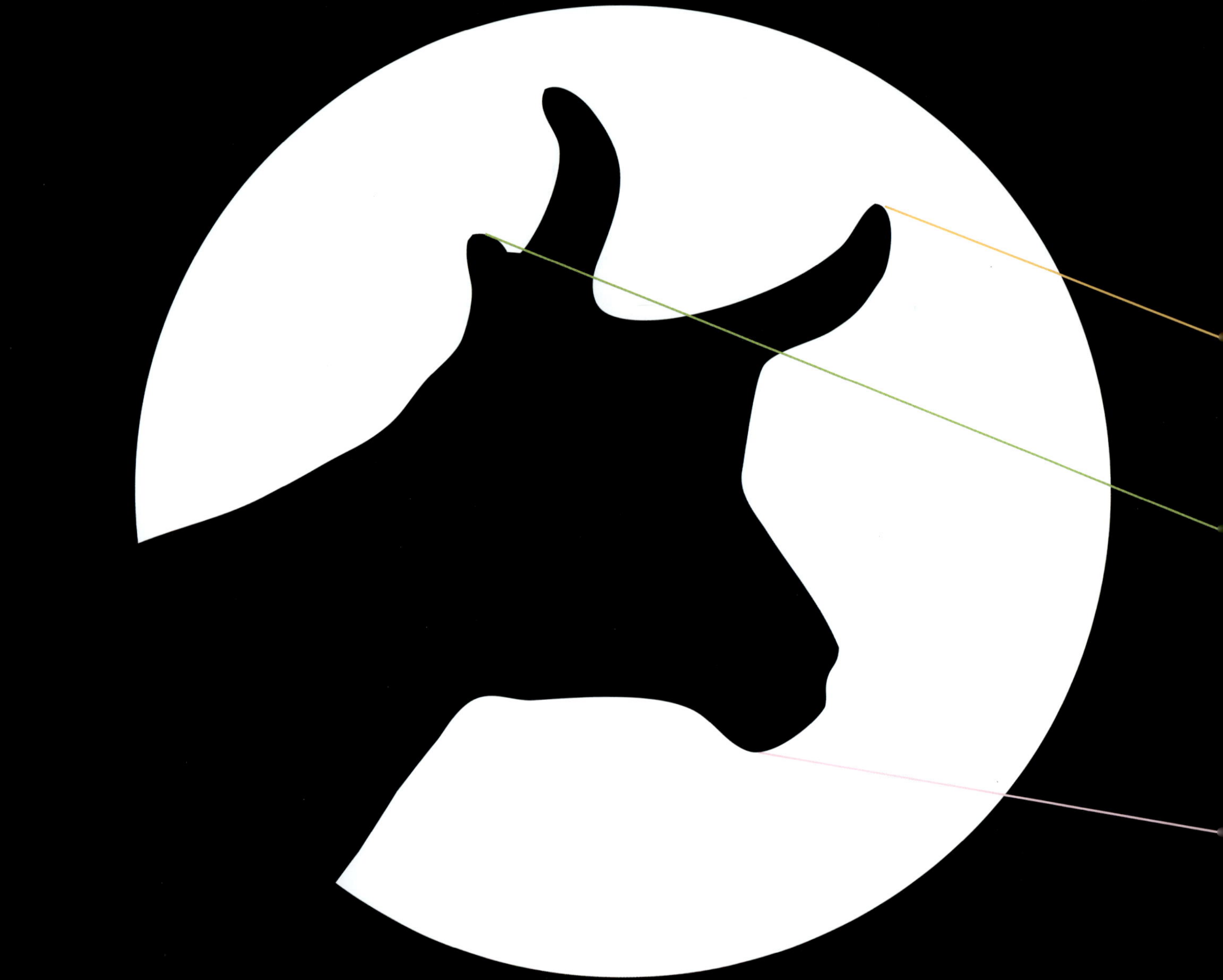

Ricordate che le mucche non hanno corna snodate, quindi tenete ben salde le dita della mano superiore. L'effetto della mucca che rumina si ottiene muovendo lentamente il mignolo e l'anulare verso il basso.

A cow's horns have no joints, so keep the fingers of the upper ha nd still. The illusion of a cow chewing the cud is obtained by slowly moving the little and ring fingers downwards.

Souvenez-vous que les vaches n'ont pas de cornes désarticulées, maintenez donc bien immobiles les doigts de la main supérieure. L'effet de la vache qui rumine s'obtient en bougeant l'auriculaire et l'annulaire vers le bas.

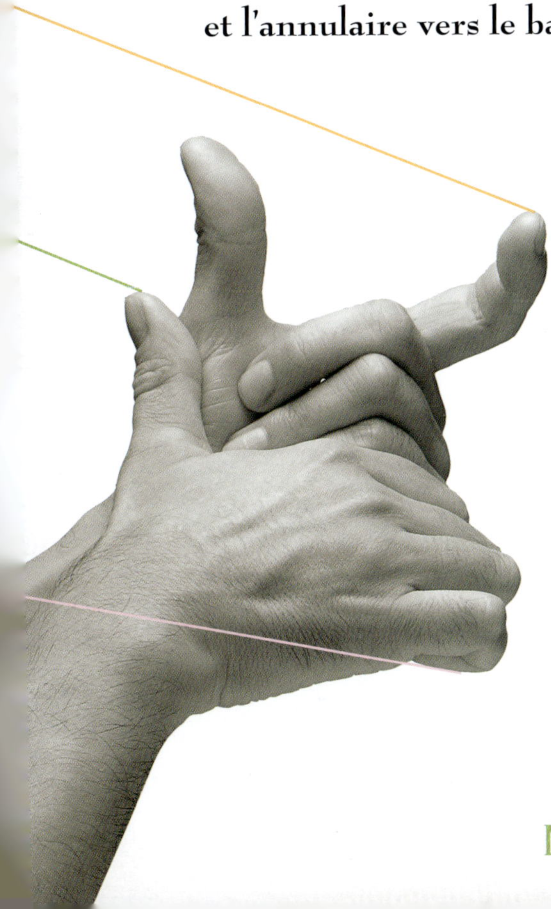

Tenete ben ferme le quattro dita che creano la testa della scimmia, altrimenti il profilo del capo scompare. Con il pollice potete mimare la scimmia che mangia le noccioline.

The four fingers creating the monkey's head must be kept till. If not, the profile of the head will disappear. Your thumb can mime the monkey eating peanuts.

Gardez bien immobiles les quatre doigts qui forment la tête du singe, sinon le profil de celle-ci disparaît. Avec le pouce, vous pouvez mimer le singe en train de manger des cacahuètes.

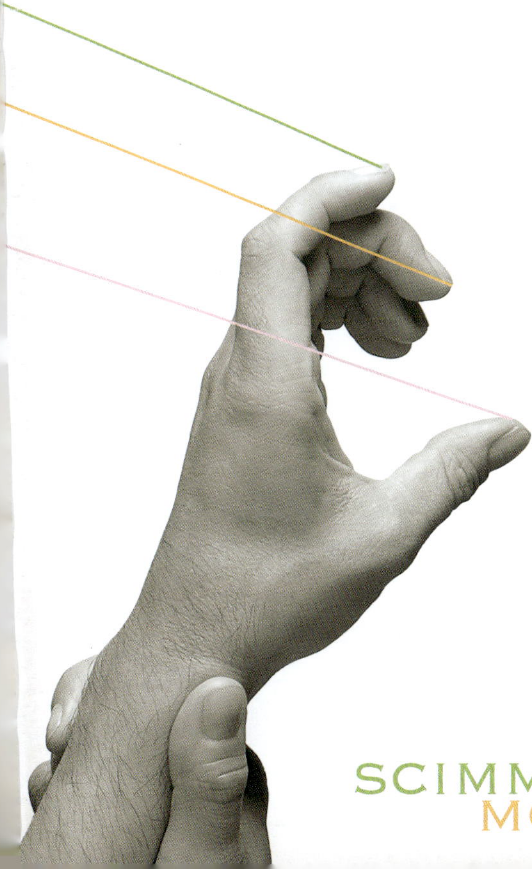

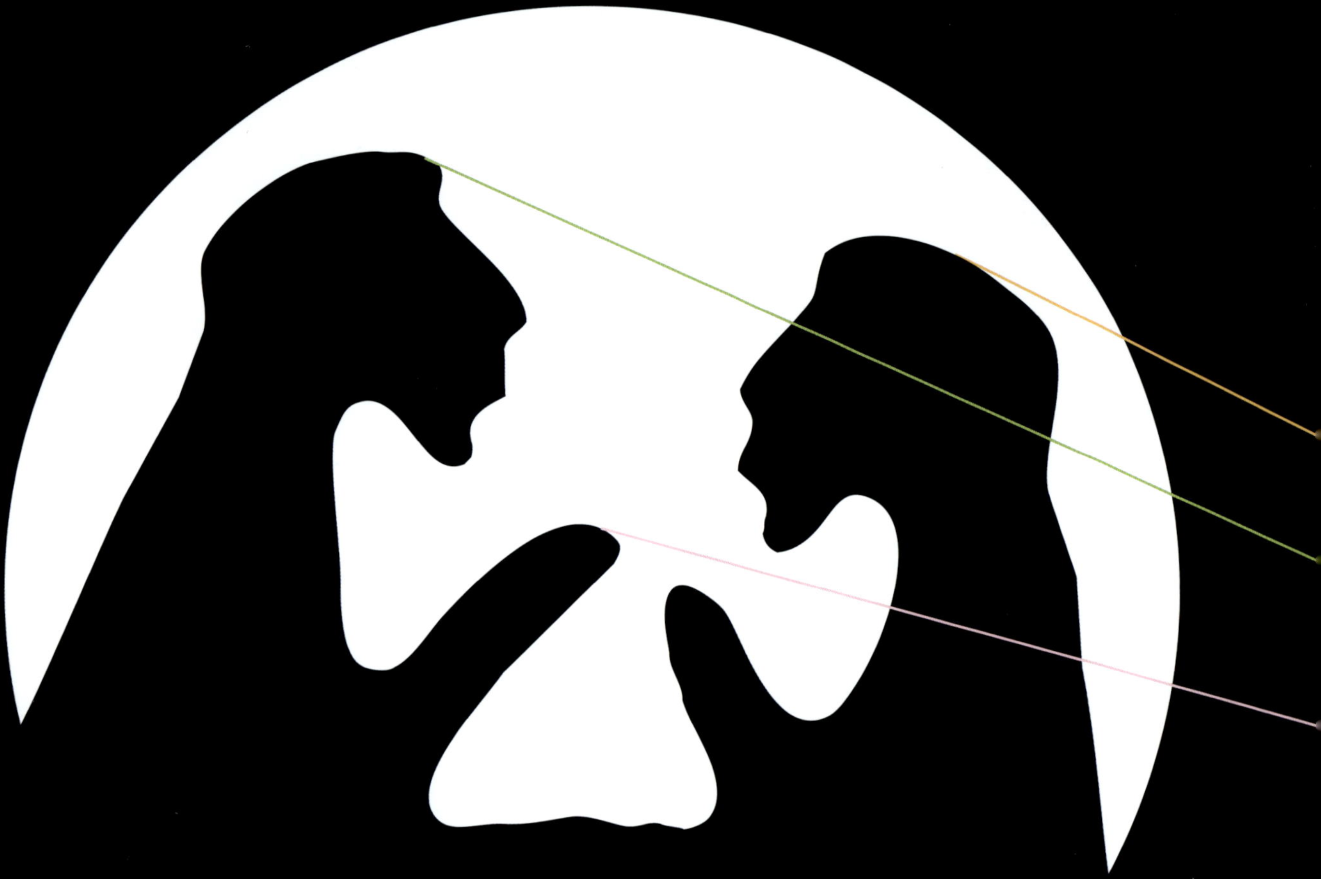

Allungando una mano verso l'altra mimate le due scimmie che si bacian o bisticciano.

Move one hand towards the other to mime the two monkeys kissing or squabbling.

En allongeant une main vers l'autre, mimez les deus singes qui s'embrassent ou se disputent.

## COPPIA DI SCIMMIE
## PAIR OF MONKEYS
## COUPLE DE SINGES

Ricordate di muovere le dita in parallelo per le orecchie. Con la punta dell'indice della mano anteriore mosso leggermente simulate il naso che annusa.

For the ears, remember to move your fingers in parallel. Slightly move the tip of the index finger of the front hand to simulate the nose sniffing at something.

Souvenez-vous de bouger les doigts parallèlement pour les oreilles. En remuant légèrement le bout de l'index de la main antérieure, simulez l'action de la truffe qui flaire.

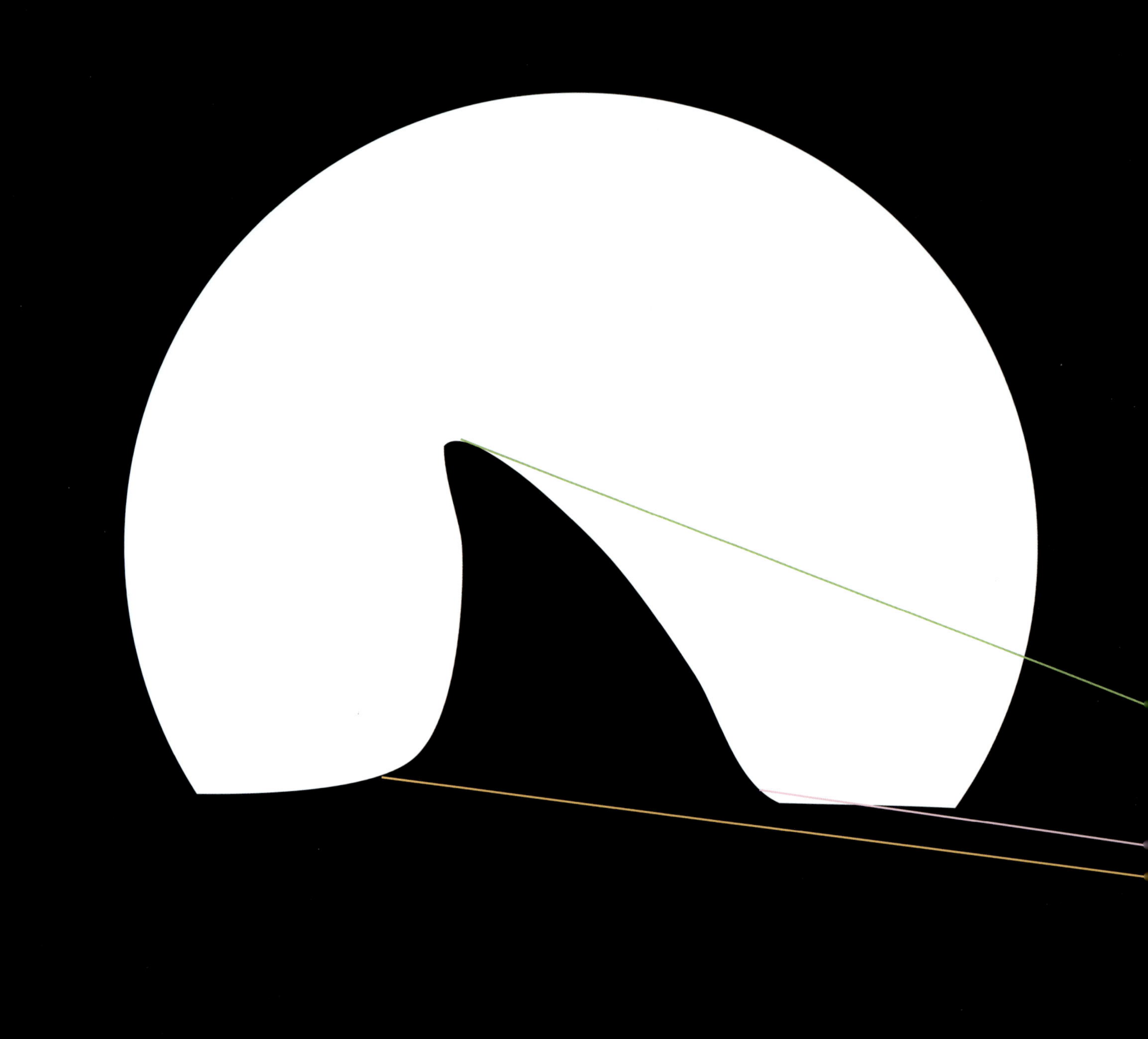

La mano orizzontale crea l'acqua come nell'ombra del coccodrillo. L'altra mano crea la pinna che passa e attraversa lo schermo. Fischiettate il motivo dell'omonimo film di Spielberg.

Create the illusion of water as for the crocodile shadow. The other hand shapes the fin that crosses the screen. Whistle the theme from Spielberg's film.

La main horizontale crée l'eau comme pour l'ombre du crocodile. L'autre main crée la nageoire qui passe et traverse l'écran. Sifflotez l'air du film homonyme de Spielberg.

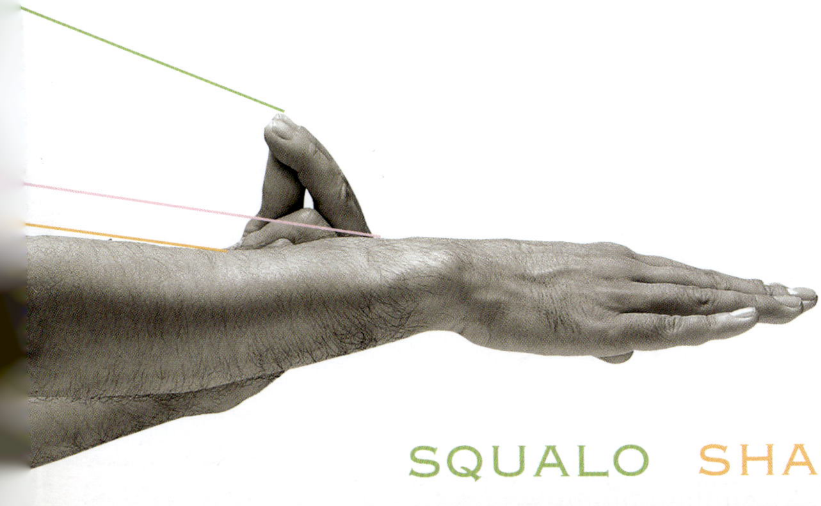

Ombra relativamente semplice. Tenete ben saldi i pollici e muovete tutte le altre dita.

This is a fairly simple shadow. Hold your thumbs together and move all the other fingers.

Ombre relativement simple. Maintenez bien immobiles les pouces et remuez tous les autres doigts.

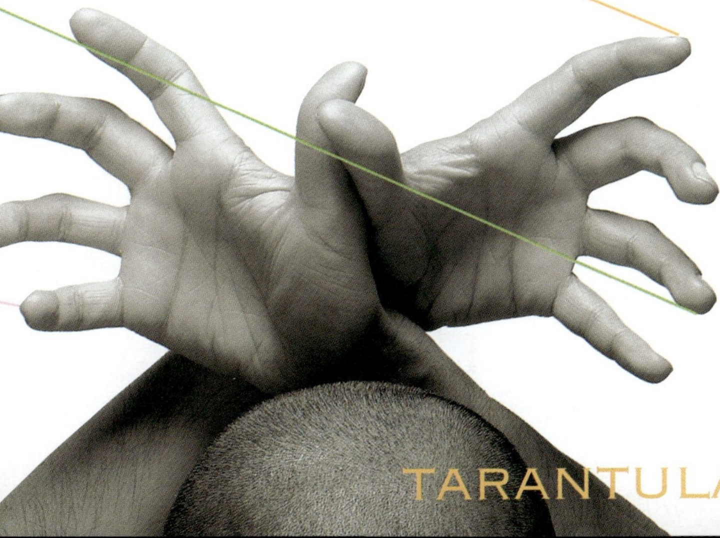

## TARANTOLA
## TARANTULA TARANTULE

L'illusione del volo è creata dal movimento sincronizzato delle due mani, stando attenti a non muovere invece il pollice e l'indice su di esso piegato.

The illusion of flight is given by the synchronized movement of both hands. Make sure you do not move your thumb and the index finger bent over it.

L'illusion du vol est créé par le mouvement synchronisé des deux mains, restez toutefois attentif à ne pas bouger le pouce et l'index plié sur ce dernier.

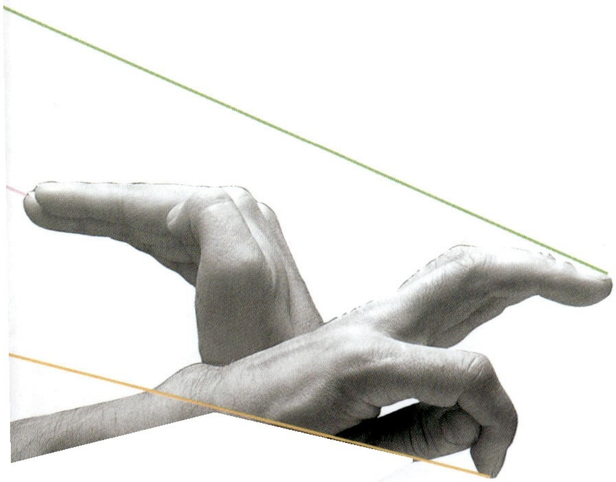

GAB ANO IN VOLO SEAGULL ON
HE WING MOUETTE EN VOL

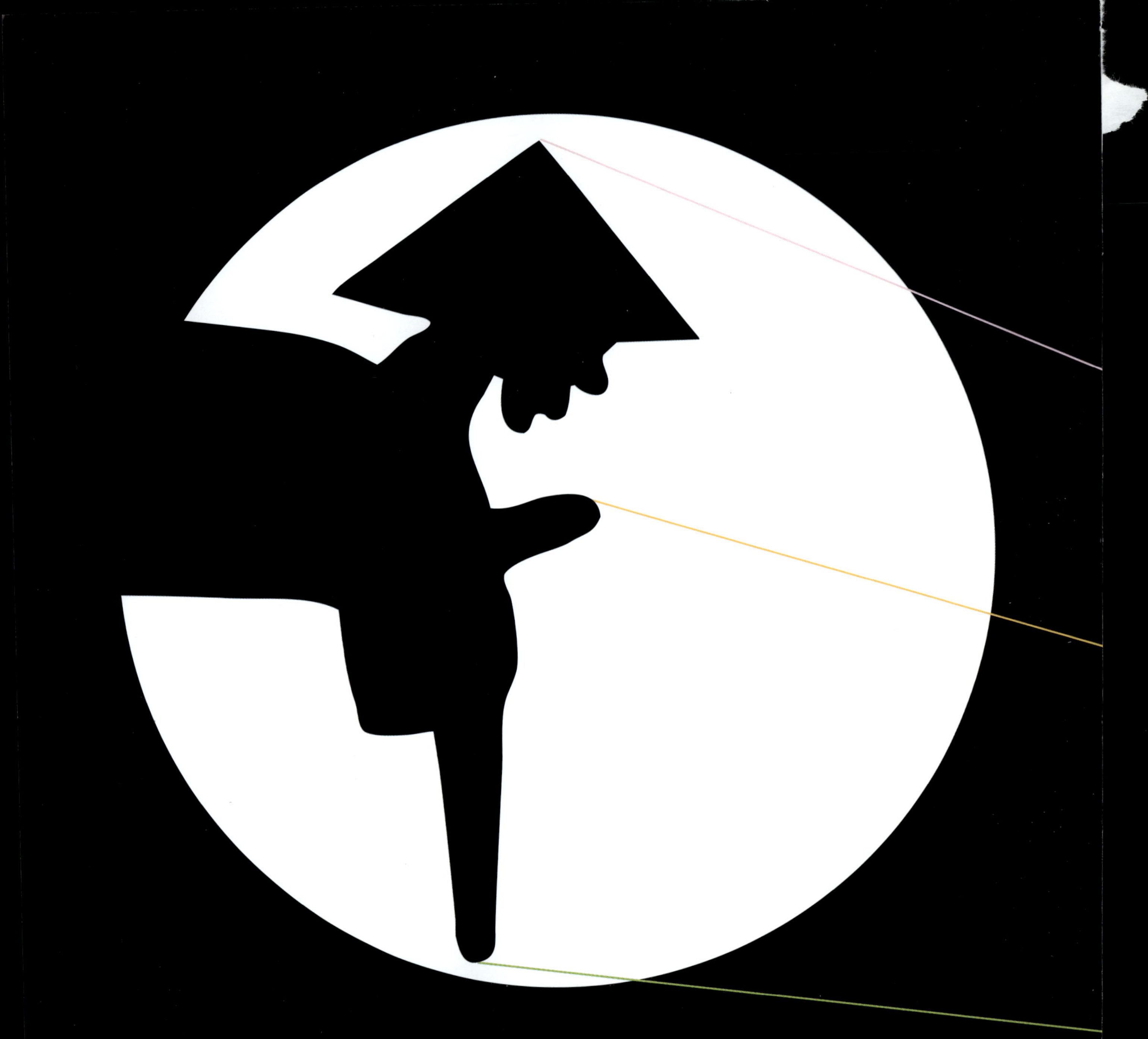

Con un triangolo di cartoncino opportunamente sagomato create il cappello. Con il mignolo e l'anulare della stessa mano fate muovere la bocca al personaggio, il pollice crea il braccio che va verso la bocca… dopo un colpo di tosse.

Use a triangle of cardboard cut out in the shape of a hat. Use your little and ring fingers of the same hand to move the character's mouth, your thumb creates his arm going towards his mouth after a cough.

A l'aide d'un triangle de carton prédéfini vous créez le chapeau. Avec l'auriculaire et l'annulaire de la même main, vous faites bouger la bouche du personnage, le pouce forme le bras qui est porté à la bouche… après une quinte de toux.

L'illusione del volto è data dalla posizione delle dita che creano le ombre degli occhi, baffi e barba. Muovendo molto lentamente e in parallelo gli anulari si crea l'illusione degli occhi che scrutano a destra e a sinistra.

The face is created by positioning the fingers to cast shadows representing the eyes, moustache and beard. By moving your ring fingers very slowly and in parallel, you can suggest eyes darting left and right.

L'illusion du visage est produite à partir de la position des doigts qui créent les ombres des yeux, des moustaches, et de la barbe. En remuant très lentement et parallèlement les annulaires, l'on crée l'illusion des yeux qui scrutent à droite et à gauche.

Usate la vostra testa come la sommità di una collina sulla quale è posato un tam tam, le due braccia possono muoversi simultaneamente o alternativamente a seconda della vostra colonna sonora.

Use your head as the top of a hill where the African drum stands. Both arms can move simultaneously or alternately according to the music you are using.

Utilisez votre tête pour représenter le sommet d'une colline sur laquelle repose un tam tam, les deux bras peuvent bouger simultanément ou alternativement selon le type de bande sonore que vous aurez choisi.

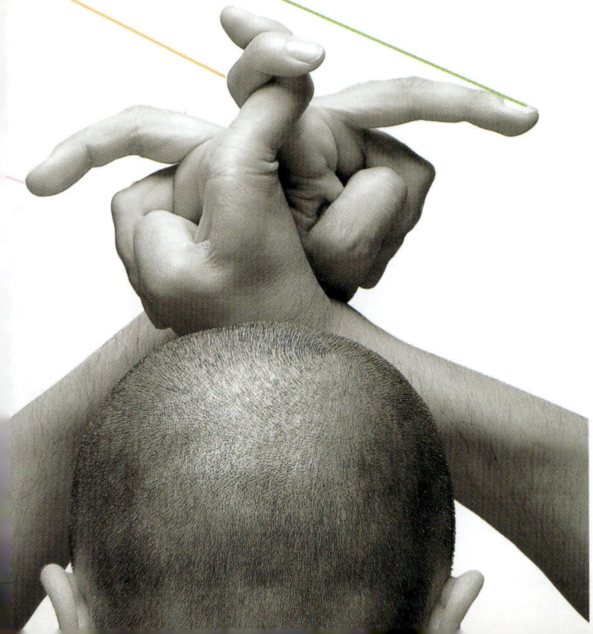

## ARTURO RACCONTA COM'È NATA LA PASSIONE PER LE OMBRE CINESI

Uno dei periodi più belli della mia carriera risale alla tournée dello spettacolo «Flic-Flac». Ero il presentatore (in tedesco!!!) e la troupe dello show poteva fare invidia al Circo Barnum. C'erano naturalmente acrobati, contorsionisti e giocolieri, ma anche la donna ragno, la donna ignifuga, un branco di coccodrilli veri, un ipnotizzatore e molti altri artisti che sembravano usciti da un libro di favole. Uno di loro, in particolare, mi colpì moltissimo, era l'ombromane Prasanna Rao, un distinto signore indiano, nobile, con tanto di turbante e di veste bianca che solo con la luce e le mani riusciva a creare una serie incredibile di ombre animate di animali e esseri umani.

Per lungo tempo lo spiai da dietro le quinte, ma non riuscii a carpirne i segreti. Era troppo veloce per me. Solo successivamente, grazie a un vecchio libro inglese e a una costante applicazione finalmente mi creai anch'io uno «zoo» persona-

## ARTURO TELLS OF HOW HIS PASSION FOR SHADOW PUPPETS STARTED

One of the best periods of my career was spent with the «Flic-Flac» show. I was the compère (in German!!!) and the troupe could have easily been the envy of the Barnum Circus.

Obviously there were acrobats, contortionists and jugglers, but also a spider woman, a fireproof woman, a herd of real crocodiles, a hypnotizer and many other artists who seemed to have come straight out of a book of fables. I was very taken by one of them in particular. This was the shadow artist Prasanna Rao, a very distinguished, noble Indian gentleman arrayed in a turban and white tunic, who was able to create an incredible series of animated shadows of animals and human beings with just his hands and a light.

I spied on him for hours from the wings, but never unravelled his secrets. He was far too quick for me. Much later, with the aid of an old English book and by constantly practising, I finally managed to

## ARTURO RACONTE COMMENT EST NÉE SA PASSION POUR LES OMBRES CHINOISES

L'un des plus beaux moments de ma carrière remonte à la tournée du spectacle « Flic-Flac ». J'en étais le présentateur (en allemand !!!) et la troupe du spectacle n'avait rien à envier au Cirque Barnum. Il y avait naturellement des acrobates, des contorsionnistes et des jongleurs ainsi que la femme araignée, la femme ignifuge, de vrais crocodiles, un hypnotiseur et de nombreux autres artistes qui semblaient sortir directement d'un conte de fée. L'un d'entre eux, me toucha tout particulièrement, il s'agissait de l'ombromane Prasanna Rao, de naissance noble, élégant monsieur d'origine indienne, avec turban et vêtement blanc, qui seulement grâce à la lumière et à ses mains réussissait à créer une série incroyable d'ombres d'animaux et de personnages.

Je l'épiais attentivement depuis les coulisses mais je ne réussissais pas à en découvrir les secrets. Il était trop rapide pour moi. Ce n'est qu'ensuite, grâce à un vieux livre anglais et à une application constante que

le di animali in ombra. Da allora il mio numero di ombre è sempre applauditissimo in tutto il mondo, perché fa sognare grandi e piccoli. In fondo possiamo considerare quest'arte la più antica forma di cartone animato.
Con questo libro desidero fare un regalo a tutti coloro che vogliono cimentarsi seriamente con l'arte del teatro d'ombra, risparmiando un sacco di tempo, ma anche a qualche genitore, che potrà intrattenere la famiglia facendo sognare i propri bimbi, in modo diverso, semplice e creativo.

create my own menagerie of shadow animals. Since then, my shadow number has always been greatly applauded around the world because it appeals to both adults and children alike. If you think about it, indeed, this art is the oldest form of animated cartoon.
I want this book to be both an open sesame and a great timesaver for all those who want to seriously try their hand at the art of shadow theatre. I also hope it will provide parents with a simple means of entertaining their children by giving them a dream world that is all their own.

je parvins finalement, moi aussi, à me créer un « zoo » personnel fait d'ombres d'animaux. Depuis lors, mon numéro d'ombres ne cesse d'être applaudi dans le monde entier, parce qu'il fait rêver grands et petits. Au fond, nous pouvons considérer cet art comme la forme ancestrale du dessin animé.
Avec ce livre, je désire faire un cadeau à tous ceux qui veulent se confronter sérieusement à l'art du théâtre de l'ombre, leur épargnant ainsi un temps précieux, et aussi à quelques parents qui pourront divertir leur famille en faisant rêver les enfants, de façon différente, simple et créative.

## BIOGRAFIA DI ARTURO BRACHETTI

Arturo Brachetti nasce a Torino, città magica per eccellenza. A sei anni riceve in regalo per Natale un teatrino di marionette. Bambino timido e solitario, passa tutta la sua infanzia a inventarsi delle commedie con i suoi burattini. A tredici anni, in un seminario salesiano incontra don Silvio Mantelli, prete e illusionista che gli insegna i primi segreti della prestidigitazione.

È allora che Arturo scopre la magia delle luci della ribalta ma, essendo ancora timido, in scena si vergogna. Per superare la paura si presenta in pubblico camuffato da indiano o da cinese e grazie al mascheramento in un altro personaggio, riesce a fare le magie. È a questo punto che nasce un gioco di metamorfosi inarrestabile, tanto da far diventare Arturo Brachetti il più grande attore trasformista al mondo.

La sua arte, inventata per gioco a sedici anni lo porta, giovanissimo, al Paradis Latin di Parigi, poi in Germania in «Flic-Flac» e infine a Londra, dove il suo spettacolo vie-

## BIOGRAPHY OF ARTURO BRACHETTI

Arturo Brachetti was born in Turin, a magical city par excellence, and was given a puppet theatre as a Christmas present when he was six. Shy and solitary, he spent the whole of his childhood inventing plays with his puppets. At the age of thirteen and a student in a Salesian seminary, he met Don Silvio Mantelli, a priest and illusionist who taught him the first secrets of conjuring.

It was then that Arturo felt the magic call of the footlights, but he was still shy, too shy to go on stage. He managed to overcome his fear by dressing up as an Indian or Chinese. Disguised as another person he was able to carry out his magic. This was the start of the inexorable metamorphosis that has transformed Arturo Brachetti into the world's greatest quick-change artist.

His art, invented as a game, took him at a very young 16 to the Paradis Latin in Paris, then to Germany in «Flic-Flac» and final-

## BIOGRAPHIE D'ARTURO BRACHETTI

Arturo Brachetti naît à Turin, ville magique par excellence. A six ans, il reçoit comme cadeau de Noël un petit théâtre de marionnettes. Enfant timide et solitaire, il passe toute son enfance à s'inventer des comédies avec ses petites marionnettes. A treize ans, dans un séminaire salésien, il rencontre don Silvio Mantelli, prêtre et illusionniste qui lui enseigne les premiers secrets de la prestidigitation.

C'est alors qu'Arturo découvre la magie des feux de la rampe, mais étant encore timide, sur scène, il n'ose pas. Pour dépasser sa peur, il se présente au public déguisé en indien ou en chinois et, grâce au travestissement, il parvient à exécuter ses numéros de magie. C'est à ce stade que naît un jeu de métamorphoses irrépressible tel qu'Arturo Brachetti devient alors le plus grand acteur transformiste au monde.

Son art, inventé en jouant, le conduit à l'âge de seize ans, au cabaret parisien le Paradis Latin, puis en Allemagne avec « Flic-Flac » et enfin à

ne rappresentato anche davanti alla famiglia reale inglese. Tornato in Italia, passa quindici anni nell'ambito del teatro stabile e privato presentando ogni anno uno spettacolo diverso e inventando una miriade di illusioni e nuovi personaggi. Quando lasciò l'Italia la prima volta portò con sé una valigia e sei personaggi, oggi Arturo possiede più di 350 costumi e il suo show viene rappresentato in tutti i grandi teatri del mondo: a Parigi per ben cinque anni, dove batte tutti i record, in Germania, in Canada, negli Stati Uniti, in Giappone...
Nell'anno 2000 vince in Francia il premio Molière, precedentemente assegnato solo a due altri italiani: Dario Fo e Vittorio Gassman.
Come regista in Italia Arturo ha curato la regia degli spettacoli di Aldo, Giovanni e Giacomo: «I Corti» e «Tel chi el telun». All'estero è un quotato regista di spettacoli visivi e Variété (Berlino, Montréal, eccetera).
Attore, mimo, ballerino, illusionista, Arturo è anche un ottimo ombromane, cioè un artista che riesce a creare, grazie a una fonte di luce e alle mani, delle ombre animate di animali e personaggi.

ly to London, where he also performed before the Royal Family. On returning to Italy, he spent the next fifteen years in the repertory and private theatre world presenting a different show every year and inventing umpteen illusions and new characters. When he left Italy the first time, he had just a suitcase and six characters. Today Arturo has over 350 costumes and his show is represented in all the big theatres of the world: in Paris with a record-breaking five-year run, in Germany, in Canada, in the States, in Japan.
In 2000 he won the French «Molière» prize, which had only previously been awarded to two other Italians: Dario Fo and Vittorio Gassman.
In Italy, Arturo directed Aldo, Giovanni and Giacomo's two shows: «I Corti» and «Tel chi il telun». Abroad he is a renowned director of visual and Variété shows (Berlin, Montreal, etc.).
Actor, mime, dancer, illusionist, Arturo is also a very deft shadow artist, one of those clever people who can create animated shadows of animals and characters with just their hands and a source of light.

Londres, où son spectacle va jusqu'à être représenté devant la famille royale anglaise. De retour en terre natale, il passe quinze ans sur les scènes des théâtres italiens en présentant chaque année un spectacle différent et en inventant une myriade d'illusions et de nouveaux personnages. Quand il abandonna l'Italie la première fois, il emporta avec lui une valise et six costumes. Aujourd'hui, Arturo en possède plus de 350 et son show est représenté dans tous les plus grands théâtres du monde : à Paris, pendant cinq ans au moins, où il bat tous les records, en Allemagne, au Canada, aux Etats-Unis, au Japon...
En l'an 2000, il remporta en France le prix Molière, précédemment attribué à deux italiens seulement : Dario Fo et Vittorio Gassman.
En tant que metteur en scène en Italie, Arturo a assuré la réalisation des spectacles de Aldo, Giovanni et Giacomo : « I Corti » et « Tel chi el telun ». A l'étranger, c'est un metteur en scène coté en matière de spectacles visuels et de variétés (Berlin, Montréal, etcetera).
Acteur, mime, danseur, illusionniste, Arturo est aussi un ombromane incomparable, c'est-à-dire un artiste qui parvient à créer, grâce à une source de lumière et à ses mains, des ombres animées de personnages et d'animaux.